中国教育学会中学语文教学专业委员会专家审定

TAIGEER
SHIXUAN

泰戈尔诗选

【一部具有浓厚文化气息的史诗】

〔印〕泰戈尔◎著
《青少年经典阅读书系》编委会◎主编

首都师范大学出版社
CAPITAL NORMAL UNIVERSITY PRESS

图书在版编目(CIP)数据

泰戈尔诗选/《青少年经典阅读书系》编委会主编.—北京:首都师范大学出版社,2011.11(2023年10月重印)
(青少年经典阅读书系.文学名著系列)
ISBN 978-7-5656-0504-8

Ⅰ.①泰… Ⅱ.①青… Ⅲ.①诗集-印度-现代
Ⅳ.①I351.25

中国版本图书馆CIP数据核字(2011)第222698号

泰戈尔诗选
《青少年经典阅读书系》编委会 主编

策划编辑 李佳健
首都师范大学出版社出版发行
地　　址 北京西三环北路105号
邮　　编 100048
电　　话 68418523(总编室) 68418521(发行部)
网　　址 www.cnupn.com.cn
印　　厂 汇昌印刷(天津)有限公司
经　　销 全国新华书店发行
版　　次 2012年7月第1版
印　　次 2023年10月第4次印刷
书　　号 978-7-5656-0504-8
开　　本 710mm×1000mm 1/16
印　　张 12.5
字　　数 167千
定　　价 31.00元

总　序

Total order

被称为经典的作品是人类精神宝库中最灿烂的部分，是经过岁月的磨砺及时间的检验而沉淀下来的宝贵文化遗产，凝结着人类的睿智与哲思。在滔滔的历史长河里，大浪淘沙，能够留存下来的必然是精华中的精华，是闪闪发光的黄金。在浩瀚的书海中如何才能找到我们所渴望的精华——那些闪闪发光的黄金呢？唯一的办法，我想那就是去阅读经典了！

说起文学经典的教育和影响，我们每个人都会立刻想起我们读过的许许多多优秀的作品——那些童话、诗歌、小说、散文等，会立刻想起我们阅读时的那种美好的精神享受的过程，那种完全沉浸其中、受着作品的感染，与作品中的人物，或者有时就是与作者一起欢笑、一起悲哭、一起激愤、一起评判。读过之后，还要长时间地想着，想着……这个过程其实就是我们接受文学经典的熏陶感染的过程，接受文学教育的过程。每一部优秀的传世经典作品的背后，都站着一位杰出的人，都有一个高尚的灵魂。经常地接受他们的教育，同他们对话，他们对社会与对人生的睿智的思考、对美的不懈的追求，怎么会不点点滴滴地渗透到我们的心灵，渗透到我们的思想和感情里呢！巴金先生说：“读书是在别人思想的帮助下，建立自己的思想。”“品读经典似饮清露，鉴赏圣书如含甘饴。”这些话说得多么恰当，这些感

总　序

Total order

受多么美好啊！让我们展开双臂、敞开心灵，去和那些高尚的灵魂、不朽的作品去对话，交流吧，一个吸收了优秀的多元文化滋养的人，才能做到营养均衡，才能成为精神上最丰富、最健康的人。这样的人，才能有眼光，才能不怕挫折，才能一往无前，因而才有可能走在队伍的前列。

“首师经典阅读书系”给了我们一把打开智慧之门的钥匙，会让我们结识世界上许许多多优秀的作家作品，会让这个世界的许多秘密在我们面前一览无余地展开，会让我们更好地去感悟时间的纵深和历史的厚重。

来吧！让我们一起品读“经典”！

国家教育部中小学继续教育教材评审专家
中国教育学会中学语文教学专业委员会秘书长　苏立康

丛书编委会

丛书策划　李佳健

　　　　　王　安

主　　编　李佳健

副 主 编　张　蕾

编　　委（排名不分先后）

张　蕾　李佳健　安晓东　王　晶　高　欢

徐　可　李广顺　刘　朔　欧阳丽　李秀芹

朱秀梅　王亚翠　赵　蕾　黄秀燕　王　宁

邱大曼　李艳玲　孙光继　李海芸

阅读导航

泰戈尔是印度近代史上一位杰出的人物。他多才多艺，才华出众，既是学识渊博的哲学家、具有革新思想的教育家、精力充沛的社会活动家，更是作品繁多的文学大师。他不但是印度文学史上罕见的巨匠，而且是世界文学史上少有的大师。

泰戈尔的创作成果丰硕，共出版诗集 50 余部、戏剧约 40 部、中长篇小说 12 部、短篇小说 100 余篇、创作了 2000 多首歌曲、1500 余幅绘画作品，以及哲学、政治、经济、宗教、教育、语言和自然科学专著多部。

《故事诗》是泰戈尔前期诗歌创作中一部极其重要的孟加拉文叙事诗集，在印度历来被视为泰戈尔留给人民的最好的精神遗产之一。诗集收入诗歌 24 首，并有序诗 1 首，初版于 1900 年。当时，诗人不但正处于创作井喷阶段，也处于爱国主义激情汹涌之时。诗集主要取材于印度古代经典作品中的历史传说，其中既有佛教故事、印度教故事和锡克教故事，也有拉其普特人及马拉塔人的英雄传说。诗人热情歌颂了民族英雄在抵御异族入侵时英勇献身的精神。其中《被俘的英雄》简直就是一部锡克教徒英勇斗争的史诗。《戈宾德·辛格》一诗充分表现了锡克教祖师戈宾德·辛格百折不挠的坚强斗志。《洒红节》写拉其普特人用计谋战胜入侵者。《婚礼》表现了一个王子在婚礼上壮别新娘，奔赴疆场，马革裹尸而还的牺牲精神。这些诗歌读来荡气回肠，令人感叹。《故事诗》中的佛教和印度教故事，表现了诗人对人道主义的弘扬和对真善美的礼赞。这部诗集在当时极大地激励了印度人民反抗英国殖民者的斗争意志，增强了印度人民的民族自信心和民族自豪感。

《吉檀迦利》是泰戈尔最著名的一部诗集，共收诗歌 103 首，1912 年出版。1913 年，泰戈尔便因《吉檀迦利》荣获诺贝尔文学奖。“吉檀迦利”，原意是“歌之神”，即向神献歌，是以渴求与神结合为主题的颂歌。泰戈尔认为，神或梵无限，现象世界和人类灵魂有限。他主张“无限只能在有限中才能体现出来”，而有限趋向无限才能尽善尽美。诗人笔下的神“活动于一切自然中，无所不在，无所不包”。他的神不仅在水中、火中、植物中，也在婴儿的微笑中、慈母的亲吻里、盛开的玫瑰花丛里，尤其是在劳动人民辛勤的汗水里，是真善美的化身。诗歌告诉我们摈弃一切私欲，净化自己的灵魂，使人性升华为神性，人才能与神会面。诗人坚信，只要自我完善，人就会具备神性。

《新月集》中的诗篇主要译自泰戈尔孟加拉文诗集《儿童》。20 世纪最初的几年，是泰戈尔个人生活中最不幸的时期。1902 年，他的妻子去世，翌年，他的一双儿女又相继夭亡。正是在这悼亡伤逝的悲痛日子里，他怀着对孩子深厚的慈爱、“对自己童年生活的回忆和对“理想世界”的追求，写出了这部充满童心和纯真的诗集。在世界文学史中，没有一本诗集比《新月集》描写儿童更好而且更美丽、真切的了。母亲的永久的神秘与美，孩子的天真烂漫，都达到了完美的境界。

《新月集》有一种不可测的魔力，它把我们从怀疑贪婪的成人世界，带到秀嫩天真的新月之国，能使我们重又回到坐在泥土里以枯枝断梗为戏的时代，能使我们在心里重温在海滨以贝壳为餐具，以落叶为扁舟，以绿草的露点为圆珠的儿时的梦。

《园丁集》是一部关于爱情和人生的英文抒情诗集，共收入诗歌 85 首。诗中洋溢着青春的朝气，歌颂了纯真的爱情。诗人运用象征等多种表现手法，委婉、含蓄而又细腻地表现了恋爱中的羞怯、苦闷、期待、焦灼、战栗、快乐和痛苦。神秘的爱情世界让人领略到一种快乐与痛苦相伴、期待与战栗共舞的极妙境界。美国著名诗人和评论家庞德认为，《园丁集》中的诗歌犹如“天上的星辰”。此诗集一出，凡是说英语的民族和懂得英语的民族，无不大为惊讶。

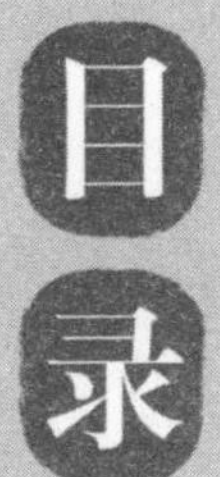

故事诗

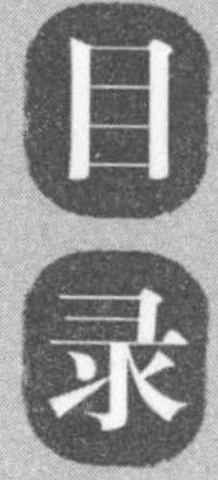

故事诗

无上布施

“我以佛陀的名义求你布施，
喂！世人们，谁是醒了的？”
给孤独长者用低沉的声音
　　　　　——庄严地呼唤。

那时候，初升的太阳，
在舍卫城接天的宫阙上
恰才睁开了睡意蒙眬的
　　　　　绛红的笑眼。

颂神的弹唱者酣睡正浓
祝福的晨歌还不曾唱起，
杜鹃怀疑着天色是否黎明
　　　　啼声轻缓而迟疑。

比丘高呼：“酣睡的城市，
觉醒起来吧！给我布施。”
这呼声使梦寐中的男女
　　　　　引起一阵战栗。

“世人们！六月里的云霞
洒下甘霖情愿牺牲自己。

大千世界上一切宗教里
　　　　施舍最第一。”

这声音仿佛湿婆天的乐章
传自遥远的凯拉萨深山里，
深深地震撼了红尘十丈中
　　　　欢醉的男女。

江山财富填不满国王心中的空虚，
忙碌的家主为家务的烦琐而叹息，
年轻美貌的姑娘们却无缘无故地
　　　　滚下了泪滴。

那为爱欲的欢乐而心跳的人们
回忆起逝去的昨夜的柔情蜜意，
正好似被踏碎了的花环上一朵
　　　　干枯的茉莉。

人们打开了自家的窗户，
眨动着睡意蒙眬的眼睛
伸出头来好奇地凝望着
　　　　薄暗中的街路。

“醒来，为佛陀施舍财富”的
呼声传进沉睡的千门万户，
空旷的街心里独自走来了
　　　　释迦的门徒。

珠宝商人们的爱女与娇妻

一捧捧把珍宝抛在街心里，
有人摘下项链，有人献出
头上的摩尼。

财主们捧出了一盘盘黄金，
比丘不睬，任它弃置在地，
只高喊着："为了佛陀我向
你们乞求。"

尘土蒙上了施舍的锦绣衣裾，
金银珠宝泛异彩在晨光里，
给孤独长者却依旧手托着
空空的钵盂。

"世人们，注意！福佑我们的
是众比丘的主人——释迦牟尼，
布施给他，你们所有财富里
那最好的。"

国王回宫，珠宝商人也转回家去，
任何供养都不配作为敬佛的献礼，
舍卫国偌大的繁华城市在羞惭里
垂下头去。

太阳升起在东方的天际，
城市的人们已不再休息，
比丘从大街上缓缓踱进
城边的树林里。

地上躺着一位贫穷的妇女，
身上裹着一件褴褛的破衣，
她走来跪在比丘莲花足前
　　　　　双手接足顶礼。
妇人躲进树林，从身上
脱掉那件唯一的破布衣，
伸出手来，毫不顾惜地
　　　　把它抛出林际。

比丘欢呼着高举双臂：
“祝福你，可敬的母亲，
是你在一念间圆成了
　　　　　佛陀的心意。”

比丘欢喜地离开城市，
头顶着那件破烂布衣，
前去把它献在释迦佛
　　　　光辉的脚底。

1898年10月

代理人

这首诗写于1898年10月。印度教徒希瓦吉由一个普通战士成为他建立的马拉塔小王朝的国王，他的师父斯摩勒特·拉姆达斯是诗人，在这篇叙事诗中写的是希瓦吉把自己的国土献给师父拉姆达斯的故事。希瓦吉和拉姆达斯都是平民思想化身，是泰戈尔众生平等思想在师尊上的理想化身，这反映了诗人的平等观念和平民主义。

有一天，希瓦吉
　在塞达拉堡门前
　　清晨里忽然望见——
拉姆达斯，他的师父，
　像穷人一样可怜——
　　正一家家挨门化缘。
他想：这是怎么一回事！
　师父竟拿着乞食的钵盂！
　　他的家境一点儿也不贫寒！
一切他都拥有，
　国王匍匐在他脚前，
　他的欲望竟无法填满。
好像日夜把水倒在破碗里
　要消灭他的干渴
　全都是白费气力。

希瓦吉说：“倒要看看

究竟给多少东西才能
　装满他行乞的钵盂。”
于是他拿起笔
　不知写了些什么，
　　吩咐大臣巴拉吉：
“如果敬爱的师父
　来到堡前行乞，
　　把这封信献在他的脚底。”

师父走着，唱着歌，
　在他的面前掠过了
　　多少行人、多少车马。
“啊！商羯罗，啊！湿婆，
　你赐给每人一个家，
　　却只许我走遍天涯。
安那普尔那女神
　担负了哺育宇宙的重任，
　　使一切众生皆大欢喜；
喂！毗利卡！你永恒的乞士！
却把我从女神身边
　抢来做了你的奴隶。”
唱完了歌曲，
　洗过了午浴，
　　师父才在宫门外出现——
巴拉吉一旁侍立
　恭敬地向他行礼，
　　把书信放在他的脚前。
师父满心好奇地

从地上把它捡起，
仔细地读着那封书简——
希瓦吉，他的徒弟
在他莲花般的脚底
献上了自己的国土和王冠

第二天，拉姆达斯
来到国王面前，
说："孩子，告诉我，
如果你把国土献给我，
噢，你聪明能干的人啊，
那么如今你将如何？"
希瓦吉顶礼师父说：
"把自己的生命献给你
愉快地做你的奴隶。"
师父说："好吧，
背上这只口袋
和我一同求乞。"

希瓦吉陪着师父
手捧着乞食的钵盂
沿门挨户乞求供养。
孩子们看见国王
惊惧地跑回家去
叫出了他们的爹娘。
无限财富的所有者，
他发愿做个乞丐，
真是石头在水面上漂摇。

人们羞怯地给了布施，
　手簌簌地发抖，
　　心想，这是大人物在开玩笑。

碉楼上午炮响，
　停止了生活的熙攘，
　　人们全都午睡休息。
拉姆达斯虔敬地
　高唱着颂神曲，
　　欢乐闪烁在泪水里——
“嗨！你三界的主宰，
　你的心意我不明白，
　　一切归你所有毫无不足，
你却在人们内心深处
　伸出求乞的手，我的主，
　　乞求那一切财富中的财富。”

天色已晚，师徒们
　在城尽头堤岸边
　　河水里洗过晚浴。
煮熟了讨来的粥糜
　师父愉快地吃着，
　　也分了一些给徒弟。
希瓦吉笑着说：
“你曾把国王的骄傲杀死，
　　使他变成乞丐街头行乞；
我永远是你的奴隶，
　如今你还有什么愿望，
　　受尽辛苦愿使师父满意。”

师父说：那么听我说，
　你既做了坚定不移的允诺，
　　如今且换个样子将担子负起。
我这样吩咐
　把献给我的国土
　　你且重新收回去。
现在我任命你
　做乞丐的代理——
　　国王原是卑微的托钵人。
你要尽国王的责任，
　但要记着这是我的职务，
　　你做国王要像没有国土的平民。

“孩子，拿去我的
　这件赭色衣服
　　带着我的祝福，
苦行者的破布衣
　当作神圣的国旗
　　插上你的国土。”
身为国王的弟子
　坐在河边默默不语，
　　深深的思虑蹙上眉头。
牧童不再吹笛，
　牛羊成群归去，
　　太阳渐渐落在西山背后。

师父拉姆达斯
　用黄昏的曲调
　　编唱着歌曲——

“把我装扮成国王
　留在尘世，你是谁
　　却想暗中逃避？
嗨，我心中的国王啊，
　我只坐在踏脚凳上，
　　宝座上放着你一双旧履。
黄昏已经来临，
再要我等待多少时候呢，
　你还不回到自己的国土去？”

1898 年 10 月

情境赏析

应该这样理解拉姆达斯所唱的三首歌。第一首歌，表面上看他似乎在抱怨：人人有家，人人都有粮食女神的哺育，唯独我四海行乞，充当你大神的奴隶。这实际上是他的一种自娱。他是云游的出家人，充当神的奴隶是他最大的愿望，所以不能理解成他在发泄不平。第二首是他欢乐地唱出虔诚的颂神曲。意思是说，三界的主宰——大神啊，宇宙都属于你所有，为什么还要向人乞求财富中的财富呢？这也是一种对大神的赞颂之词。大神要求每个人对他呈献出最宝贵的东西——虔诚。第三首歌则是针对他的弟子希瓦吉国王的：你希瓦吉把国土献给我，把我装扮成国王，其实我只坐在踏脚凳上，宝座上有你的鞋子，你还是国王，怎么还不回到你的国土上去呢？就这样，诗人通过拉姆达斯让希瓦吉当了沿门行乞的乞食者，然后委托他为乞丐的代理人，要他做国王像没有国土的平民。诗人创造了一个平等和谐的意境，在这里国王像平民一样，国王可以成为平民。总之，在这里平民才是中心。

婆罗门

这首故事诗取材于印度教典籍《歌赞奥义书》，通过圣者乔答摩毅然接受出身低贱的苏陀伽摩诵习圣典《吠陀》的故事，赞颂了乔答摩敢于打破种姓界限、漠视婆罗门尊严的精神，表现了诗人反对种姓歧视的进步思想。

萨拉斯瓦蒂河边苍茫的林荫里
落下了黄昏的太阳；隐士的弟子
头顶着柴捆回转安静的净修林；
疲倦的神牛磕动着深沉的眼睛
踱进牛栏；洗过晚澡，弟子们
环坐在师父圣者乔答摩的足前。
茅屋的天井里祭坛上火光闪闪，
无边辽阔的天空里坐着一列列
繁星，一声不响像眨着好奇的
眼睛凝望着师父的学生。圣者说：
“喂！孩子们，现在听我讲颂《吠陀》。”
乔答摩的声音冲破净修林的寥寞。
　　　　　　　　　　　　这时候，有一个
年轻的孩子走进天井，手捧着献礼，
他奉上鲜花蔬果，虔诚地礼拜着
圣者乔答摩的莲花似的双足说：
“师父，我住在拘尸凯德罗，我的

名字叫苏陀伽摩，怀着学习《吠陀》的
愿望前来拜见师父。”孩子的声音
清脆如黄雀，甜蜜像甘露。
　　　　　　乔答摩听了，微笑着
和蔼地对他说：“可爱的，我给你祝福。
孩子，你属于什么种姓？你要知道
只有婆罗门才有权利诵习圣典《吠陀》。”
　　　　　　　　　　孩子低声说：
“师父，我不知道自己属于哪个种姓，
请允许我，回去问了妈妈，明天再
来向您说。”
　　　　　　　　孩子辞别了师父，
在浓密的黑暗里穿过林间小路，
渡过清澈的萨拉斯瓦蒂河，独自
转回家去。河滩上静卧着沉睡的
村庄，庄尽头是母亲的破茅屋。
　　　　　　灯光闪亮在茅屋，
门外面遮婆罗伫望着儿子的归路。
苏陀伽摩走近她的身边，遮婆罗
把他抱在怀里，吻着他的头发
喃喃地给他祝福。苏陀伽摩说：
“告诉我，妈妈，谁是我的父亲？
我出身于怎样的家庭？我曾拜谒
圣者乔答摩，他对我说：‘孩子！
只有婆罗门才有权利诵习《吠陀》。’
妈妈，我的种姓是什么？”
　　　　　　　　　听了孩子的话，
母亲的头低下，半晌轻轻地说：

“妈妈的青春被穷困盘踞着，
我曾经做过不少男人的奴隶。
你生在没有丈夫的女人的膝下，
妈妈不知道你的种姓是什么。”
　　　　　　　　　　第二天，
曙光潇洒地照耀在净修林的树梢，
圣者乔答摩的弟子们早已起床；
容光焕发如晨曦中晶莹的朝露，
虔诚圣洁如祈祷时流下的泪珠。
晨浴后皮肤发出红润的光泽，
头顶挽着湿漉漉的发髻。他们
环坐在榕树的浓荫下，围绕着
圣者乔答摩。百鸟轻声合唱着
欢愉之声，蜜蜂漫长地嗡营着，
潺潺的河水轻轻地打着节拍，
伴随着它们而起的是弟子们
各种幼嫩的嗓音有腔有韵地
背诵着虔诚动人的《娑摩吠陀》
赞歌。
　　　　　　　这时候，苏陀伽摩
来到圣者身边，躬身向他摸足致敬，
默然不响睁大了一双真诚的眼睛。
“愿你幸福，善良美丽的孩子，”
圣者乔答摩又重复昨晚的讯问，
“你属于哪个种姓？”孩子仰起头说：
“师父，我不知道我属于哪个种姓。
我问过母亲，母亲说：‘苏陀伽摩，
你生在没有丈夫的遮婆罗的膝下，

妈妈曾侍奉过不少男人——不知道
谁是你的父亲。'"
　　　　　　　听了苏陀伽摩的话，
乔答摩的弟子像受惊的群蜂立刻
张皇失措——营营不休纷纷议论着。
有的讪笑，有的替他害羞，有的
骂着："无耻的非亚利安贱种！"
　　　　　　为孩子的坦白深深感动，
圣者乔答摩离开坐席伸出双臂
把苏陀伽摩抱在怀里说："孩子！
你不是一个非婆罗门，你属于
再生种姓里最高的种姓，你生于
一个从不欺骗人的婆罗门家庭。"

1893 年 2 月

情境赏析

这首故事诗对种姓观念的批判是十分深刻的，在传统的印度社会中，传授和学习《娑摩吠陀》经典是婆罗门的专利。而这个故事不以种姓出身，而以品德作为衡量人的标准，这是对传统观念的强烈冲击。低级种姓根本无权学习《吠陀》。在诗中出身贱民的苏陀伽摩诚实可爱，保持着人性的纯洁，而那些出身婆罗门的学生的心灵却失去仁爱之心，泯灭了天性，两相比较，更显现了种族制的荒谬。

这首故事诗对诚实的品格进行了赞美。苏陀伽摩不因出身的低贱而感到自卑，更没有用说谎来遮掩自己的出身。正是这种诚实不欺感动了圣者乔答摩。除此之外，诗作还对不拘一格选材的开明精神进行了赞扬。圣者乔答摩不因孩子出身低贱而拒绝他，相反却打破常规，以品格作为衡量标准收取弟子。这种不以出身论成败的精神，正是诗人所要追求的真正的印度的精神。

这是一首以历史传说为基础的叙事诗。塑造了憍萨罗国国王和迦尸国国王两位君主的形象：憍萨罗国王声名远播，受到百姓们的爱戴和崇敬；迦尸国王不能理解为什么自己一个民富国强的君主却不被人所赞誉，但当憍萨罗王以出卖自己的头来换取他人的生存时，迦尸国王明白了一切。这首诗赞扬了憍萨罗王的仁爱思想和慷慨乐施的品格。

再没有人比得上憍萨罗国王，
他赢得大千世界一致的赞扬；
他是弱者的庇护人，
是穷苦百姓的爹娘。
愤怒燃烧在迦尸国王的心里
　当他听到了这个消息；
"迦尸的人民——我的百姓
　竟把他看得比我还重？
卑微的弹丸小邦的君主
　竟比我更能普施广济？
什么信仰、喜舍、慈悲全是假的，
　这只是他对我的挑战与妒忌！"
迦尸王传令："将军！拔剑出来，
　集合全部人马出征！
憍萨罗王显然过分狂妄，
　竟想超过我迦尸王的威望！"
迦尸王披上战袍走上战场——

战场上被击败的是憍萨罗王。
憍萨罗王羞惭地离开了国境
逃亡在遥远的森林里隐居起来。
迦尸国王坐上宝座
微笑着对他的臣僚说：
“谁有权力就能够保住黄金钱财，
也只有他的施舍才是无限慷慨！”

人们哭着说：“强暴的罗睺
竟连明月也一口吞噬？
漠视品德的幸运女神拉克什米啊，
也只会趋炎附势！”
四面八方扬起一片哭声——
“我们失去了父亲！
我们憎恨那
与全世界的朋友为敌的人！”
迦尸王听了十分震怒：
“为什么京城里充满了愁云惨雾？
有我在这里，为了谁
人们这样哭哭啼啼？
是我神武赫赫征服了敌国，
如今倒好像是我败在敌人手里！
法典上原有明文规定：
‘斩草除根，决不可放松敌人。’
曼特里！快传旨在京城
并向全国宣布——
生擒憍萨罗王的人
国王将赐给他百两黄金。”

于是使者沿门挨户传布国王命令
　日日夜夜不敢稍停，
人们气愤地捂着耳朵
　战栗地闭上眼睛。

失国的憍萨罗王在森林里徜徉
　穿着又脏又破的粗布衣裳，
有一天，一个迷途的过客来到他面前
　含着眼泪求他指示方向：
“隐士啊，这座森林有没有边际？
　走哪条路才能到憍萨罗去？”
憍萨罗王听了说：“那是一个不幸的国度，
　是什么缘故驱使你到那个地方？”
过客说：“我是一个商旅，
　货船被风浪打沉在海底，
现在我只是苟延残喘
　伸出手来沿门行乞。
憍萨罗王是仁慈的海洋，
　他的声名扬溢四方，
无依无靠的人从他那里得到庇护，
　贫苦人在他的宫里得到怜惜。”
憍萨罗王的脸上掠过一丝微笑
　泪水闪烁在眼睛里，
沉思了半晌，
　深深地叹了一口气：
“我将指引你一条去路，
　通向你所渴望的目的地
来自远方受难的客人啊，

　在那里将满足你的心意。”

迦尸王正在上朝，
　来了一个蓬头垢面的隐士，
迦尸王含笑问道：
　“隐士，你到我这里为了什么事？”
“我是憍萨罗王，居住在森林里，”
　林中的隐士从容地说，
“请把百两黄金交给我的同伴吧，
　算是生擒我的赏赐。”
大臣们个个吃惊，
　宝殿上一片寂静，
连那手执甲仗的侍卫
　也已眼光晶莹。
迦尸王沉默了片刻
　突然大笑着说：
“哦！你想用死亡来战胜我，
　这真是个高明的计策！
我要使你的希望成空，
　让今天的战场上，胜利属于我，
我将归还你的疆土，
　我的心也将向你归服。”
衣衫褴褛的憍萨罗王
　被扶上宝座，
迦尸王给他戴上王冠，
　百姓们大声欢呼着。

1898 年 10 月

情境赏析

诗的开头四句就把一位磊落明君——憍萨罗王突现出来了，但他并不高高在上，而是平易近人，看得见，摸得着。诗人没有写国王的光辉事业，而是通过他被迫失国隐居的一系列描述展现了他的伟大之处。诗人用短短的文字，把十分复杂的故事交代得清清楚楚，叙述简洁，善于抓住典型的场面和典型的细节把两位赫赫有名的君王描绘得栩栩如生。

名家点评

用生动朴素的语言，精练成最清新最流丽的诗歌，唱出印度人民的悲哀与快乐；以快美的诗情，救治我天赋的悲戚；以超卓的哲理慰藉我心灵的寂寞。

——冰心

供养女

这首故事诗取材于佛经《百譬喻经》第54则故事，也就是汉译《撰集百缘经》中的《功德意供养塔生天缘》。写于1900年9月，时代背景是公元前500年前，当时佛教正在兴起。佛陀释迦牟尼在世时，摩竭陀国的国王频婆娑罗崇敬佛教，但他的儿子阿阇世夺取王位后，禁止佛教，把它当作异端邪说，甚至对信仰佛教的人采取镇压措施，强迫人们改信婆罗门教。

这首诗写的是坚信佛教的宫女师利摩蒂的故事，由于她对佛陀的教义深信不疑，后被杀害，表现了坚定的信仰和为信仰而殉身的精神。

频婆娑罗王
跪在佛陀座下
求得一片趾甲，
把它供养在御苑深处，
珍重地在上面建起一座
庄严无比的大理石宝塔。

黄昏时，皇后和公主们
换上素洁的衣衫
捧着礼佛的金盘，
在塔下献上鲜花，
亲手点亮金盘里
一行行黄金灯盏。
阿阇世王坐上
父亲的七宝座，

他用汪洋的鲜血
冲洗尽父王的佞佛，
把释迦牟尼的经典
献给了阿那罗的烈火。
阿阇世王召集全体
宫廷妇女，对她们说：
“除了敬拜《吠陀》、婆罗门和国王，
宇宙间再不许你们有第二种信仰。
这命令必须牢记在心——
如不遵从，定有灾殃。”

在一个秋天的傍晚——
净水沐浴后的
宫女师利摩蒂
照例捧着礼佛的金盘，
悄悄地来到太后座前。
默默俯视着她的脚尖。

太后恐惧地抖颤着申斥说：
“国王宣布的禁令
莫非你竟敢违抗——
礼拜佛塔的人
不是死在矛尖，
就是流放远方。”
她悄悄地走进
皇后阿弥达的妆阁——
皇后刚梳起
拖地的长发，

正对着宝镜，专心地
在发缝里点染着朱砂一抹。

看见了师利摩蒂
皇后气得手指发抖。
竟抹弯了发缝里的朱砂。
“蠢东西，胆量这么大！
竟敢带来敬佛的鲜花！
被人看见岂不可怕！”

公主苏格罗
独自坐在窗前，
趁着落日的光芒
正在默诵故事诗篇，
忽然听见门外脚镯声响
连忙从书本上移开视线。
她把迷人的诗篇抛在地上
慌忙跑到师利摩蒂跟前，
担心地在她耳边悄悄说道：
“国王的命令如今谁不知晓？
你这样不顾一切
只怕死罪难逃。”
师利摩蒂在宫里
走遍千门万户。
“姊妹们，时候到了，
我们要尽到敬佛的礼数。”
有人害怕，
有人诅咒。

白日最后的光芒
已从城楼上褪尽。
市声变得微弱，
路上断绝行人，
国王古老的神祠里
传出了一声声晚祷钟声。

秋夜透明的薄暗里
有无数小星闪烁。
宫门外响起了号角，
囚徒们唱起了晚歌。
“大臣的会议已结束”——
执甲的侍卫齐声高呼着。

就在这一刹那间
后宫卫士们看见：
国王幽静的花园里，
宝塔阴暗的石阶前，
骤然亮起一行行明灯，
好像光闪闪的黄金花鬘。

卫士们拔出剑来
飞奔着赶上前去。
“嗨！你是哪一个？
竟敢冒死供养佛陀！”
传来了甜蜜的声音：
“我是师利摩蒂——
佛陀的奴隶！”

那天白石的塔阶上
写下了鲜血的记录。
那天凉秋初夜里
寂寥的御苑深处
窣堵波下熄灭了
最后的供养灯烛。

1900 年 9 月

情境赏析

泰戈尔对佛经的故事做了艺术加工，以太后、皇后、公主做陪衬，突出宫女师利摩蒂为信仰而殉难的崇高形象。供养女——师利摩蒂是一种人格的象征，面对暴虐的统治者，不像太后那样诚惶诚恐，不像皇后那样同流合污，更不像公主那样逃避现实，而是勇敢地坚持正义、信仰，为崇高的信仰而献身，以自己的生命之火点燃理想的明灯，照亮人间。

信念的力量是难以摧毁的，特别是坚定的信念更具有大无畏的精神气概，师利摩蒂完全清楚自己行为的后果和价值，因而她义无反顾。这首故事诗若结合当时的社会背景——当时印度正处在殖民主义统治的水深火热之中，民族独立运动此起彼伏，供养女的精神的现实意义就更加鲜明了。

这首诗写于 1900 年 9 月，是一首写佛教徒慈悲、善行的故事诗。佛教提倡众生平等、慈悲为怀，带有古代朴素的平等观念和人道主义精神。与婆罗门教（后来的印度教）公然主张把人分成四个等级的种姓制度形成鲜明的对照。不过，在这首诗里，泰戈尔没有涉及佛教和婆罗门教各自的主张和彼此的分歧，而是突出表现了佛门弟子邬波笈多尊者的崇高精神。

曾经有一天，尊者邬波笈多
酣睡在秣菟罗幽僻的城根，
那时候，街灯已在风中熄灭，
城里的人家也都关紧了大门，
天空中有深夜的几颗小星
在雨季的浓云里闪烁。

是谁的脚镯叮当的纤足
突然轻轻地踏在他的身上？
尊者含惊地翻身坐起，
蒙眬的睡意立刻飞去——
刺痛他美丽的眼睛的
是亮闪闪一片灯光。
这城里的舞女，春情荡漾
深夜里急切地去欢会情郎，
她身上穿着一件天青色的衣裳，
镶嵌着珠玉的环佩叮咚作响。

一脚踏在尊者身上，瓦萨婆达多
停止了匆匆的脚步，无限惊慌。
手执着纱灯仔细端详
尊者是多么年轻漂亮——
红润的嘴唇上漂浮着温柔的微笑，
明亮的大眼里流露着慈祥的光芒，
丰满白皙的额头上闪耀着
月光似的一片宁静与安详。

眼睛里满含着羞涩
女人温柔动情地说：
“少年人，我请求你原谅。
为什么不可以到我家去？
这冷冰铁硬的湿地
不应该是你的睡床。”

邬波笈多尊者温柔地回答说：
“哦！美貌多情的姑娘！
如今还不到我和你密约的时期，
你且去你要去的地方，
等到时机成熟的那一天，
我会亲自走进你的闺房。”

骤然间暴风雨在闪电里
张开了狰狞可怕的巨口，
瓦萨婆达多在恐怖中瑟瑟发抖；
毁灭宇宙的狂风在空中呼啸，
天上隆隆的雷霆大声地
发出一阵嘲弄人的狂笑。

距那次相见，
还不到一年。
又是一个四月的黄昏，
春风变得更为温情迷人，
路边树枝上缀满了花蕾，
御苑里盛开着茉莉与素馨。

远方吹来的轻风
送来婉转醉人的短笛声，
倾城的男男女女
都到秣菟罗林中去欢度迎春，
只有天上一轮微笑的明月
凝视着寂静无声的空城。
月光下行人稀少，
尊者独自漫步在林间小道。
头顶上绿叶丛中
杜鹃在一声声婉转啼叫。
莫非今夜正是
他欢会情人的良宵？

远离了城市，
尊者向城外走去，
他突然在护城河边停步不前，
那女人是谁呢？
独自躺在芒果林的阴影里
正在邬波笈多的脚边？

无情的鼠疫猖獗地蔓延，

瓦萨婆达多也受了传染，
雪白的肌肤上
布满了漆黑的斑点，
被城里的居民
丢弃在护城河边。

尊者把昏迷了的女人
轻轻放在自己的膝头，
用清水润湿了她干渴的双唇，
在头前为她低颂着经咒，
又亲手在她的全身
抹上了清凉的檀香油。
月夜里飘落着盛开的花朵，
枝头的杜鹃声声地悲啼着。
女人轻轻地说——
“你是谁？这样慈悲？”
尊者回答说：“瓦萨婆达多，
是邬波笈多今夜特来和你相会。”

1900 年 9 月

情境赏析

作为佛教徒的邬波笈多尊者，他的形象是光辉的。他有仁慈的心性，他有理想有意志，笃信自己所信仰的宗教，能够抵御女色等外界的诱惑。他没有盛气凌人地责怪钟情于他的歌舞伎，而是允诺“等待时机成熟的那一天”。当舞伎瓦萨婆达多染上鼠疫后，他没有嫌弃、避开，而是挺身而出救助她，表现了邬波笈多仁慈、博爱的心。

报答

这首故事诗取材于佛教经典中的《佛本生经》的故事《夹竹桃本生》，并对这个故事做了创造性的艺术加工，表现了爱情的复杂和矛盾，充满了人道主义的情怀。

"御库里竟出了盗案，把匪徒
立刻捉来带到我面前；不然，
小心身首异处吧，守城官！"
守城官奉了国王的命令，大街
小巷挨家挨户四处搜查贼人。
城外破庙里蜷卧着瓦季勒森——
一个商人，德克西拉的居民。
为卖马来到迦尸，遭到强盗的
洗劫，正失望地打算回故乡去。
巡逻们捉住了他，硬说是匪徒，
加上枷锁，要把他带进监狱。

这时候，夏玛——迦尸的美女，
正坐在窗前懒洋洋地闲望着
街上的洪流——眼前梦一般的
人群的来去。忽然她吃惊地
喊道："哎呀，这因陀罗一样

高贵美貌的少年，是谁把他
像强盗贼似的锁上沉重的铁链？
快去，啊，亲爱的使女，
用我的名义告诉守城官——
说夏玛请他呢，请他光临
寒舍，把囚徒带到我的面前。”
夏玛名字的魔力如同符咒，
受宠若惊的守城官听了这
邀请，快乐得毫毛发抖。
他立刻走进房门，背后是
罪犯瓦季勒森——两颊涨得
通红，羞愤地低垂着头。
守城官笑着说道：“真不凑巧，
在这个时候奉到您的宠召；
现在，我必须回复王命去，
美丽的姑娘，我请求你允许。”
瓦季勒森突然抬起头来说道：
“喂，女人，你要的什么把戏！
从路中心把我牵到你家里，
嘲弄这无辜受辱的异乡人
来满足你冷酷无情的好奇！”
“嘲弄你！”夏玛叫道：“我情愿
献出全身珠宝换取你身上的
铁链。远方的青年啊，如今
污辱你就等于污辱我自己。”
这样说着，夏玛的睫毛上闪着
泪珠的一双眼睛凝望着异乡人，
似乎要把他所受的污辱用泪水

洗去。她转身对守城官请求说：
“拿去我的一切，释放这囚徒吧。”
守城官说：“美人啊，你的要求
我不得不拒绝。抢劫了国库，
不杀人怎能平息国王的愤怒?”
握紧了守城官的手夏玛低声说：
“我只请求你对这犯人缓刑两天。”
守城官对她会心地微笑着轻轻
说道：“你的吩咐我将铭刻心田。”

第二晚的夜尽时分，狱卒轻轻
打开了牢门；夏玛手执着纱灯
走进监牢，黎明将被处决的
瓦季勒森正在低颂着神名祈祷。
女人暗示的目光一闪，狱卒
立刻前来打开了囚犯的铁链。
瓦季勒森不胜惊奇地呆望着
女人莲花似的无比美丽的脸。
他哽咽着低声说：“你是谁?
给我带来光明，正像黎明在
噩梦谵语之夜过后带来晨星。
你是谁？啊，自由的化身，
残酷的迦尸城中慈悲的女人!”
“慈悲的女人?”夏玛惊叫着发出
一阵狂笑，阴森可怕的监牢里
惊起了一阵新的恐怖与纷扰。
女人一再狂笑着又继以哭泣，
伤心的泪珠跌落如一阵骤雨。

女人呜咽着说道："夏玛的心
比迦尸街心的石头更加铁硬，
比夏玛更无情的人再也没有。"
女人说着紧紧握着犯人的手臂
把瓦季勒森从牢狱里带了出去。

曙光一线，闪烁在瓦鲁纳河岸。
小船系在渡口，女人站在船头——
"喂，上船来，不相识的青年，
我只有一句话请你记在心头——
挣脱了一切羁绊，最亲爱的，
我和你同船在这条河上漂流。"
解开系船的绳索，小船轻轻地
滑动着，林鸟低唱着欢娱之歌。
把夏玛抱在怀里，瓦季勒森说：
"亲爱的异乡女友，告诉我，你
花了多少财产买得我的自由？"
紧紧拥抱了他，夏玛悄悄地说：
"别作声！现在还不到说的时候。"

小船在炙人的热风里顺流漂荡，
正午的天空中升起酷热的太阳
洗过午浴穿着湿衣的村中妇女
头顶着汲水的铜罐正走回家去。
市集已散场，人声喧哗已停息，
孤寂的村路默默闪耀在阳光里。
榕树浓荫下有青石砌成的渡口，
饥渴的水手在那里停泊了小舟。

这时候，鸟雀躲在树荫里午睡，
慵懒的蜜蜂营营着倦人的长昼。
忽然，一阵带着稻香的正午的
热风掠过，吹下了夏玛的面纱；
瓦季勒森心跳着，声音窒息地
在她耳边说："亲爱的，知道吗，
就在你给我打开铁链的那一刻，
又给我戴上了永恒的爱的枷锁？
你如何完成解救我的艰难工作？
亲爱的，请告诉我其中的经过。
你为我做了什么，我发誓要以
生命来报答。"夏玛掩上了面纱，
轻轻回答说："现在且不来谈它！"
白昼的光船卷起了金色船帆，
缓缓地驶向远方日落的口岸。
靠近岸上是一片森林的河边，
晚风里，停下了夏玛的小船。
无波的水面上闪烁着初四的
纤纤月影，树根下的幽暗里
抖颤着琴声似的蟋蟀的低鸣。
夏玛熄灭了灯光，默默坐在
窗口，头依在青年的肩上。
她的蓬松的长发散发着异香
掩盖着青年的胸膛，滑软如
波浪，漆黑像一面睡眠的丝网。
她低声说："我为你所做的事
真是非常艰巨，但要告诉你，
最亲爱的，更是十分不易。

我只简单地告诉你，你听了
千万要立刻把它从心中抹去。
是那个疯狂地单恋着我的
少年乌蒂耶，在我的吩咐下
代替你承担了那桩盗窃案，
用他的生命作了爱情的献礼。
这是多大的罪恶，我的知己，
我这样做，只是为了我爱你。”

纤月西坠，森林背负着千百鸟雀的
睡眠沉沉矗立。那环抱着女人的
腰肢的爱人的双臂，慢慢地松缓，
分离的残酷悄悄地沉落在两人中间。
瓦季勒森沉默着如一尊冰冷的石像，
夏玛像折断了的藤蔓一样倒在地上。

忽然，女人抱紧了青年的膝头，
跪在他的脚边，哭着低声哀求：
“这罪恶的严厉惩罚，且让它留在
上帝的手里吧，我为你才做了
这样的事！爱人啊，原谅我吧！”
移开他的脚，瓦季勒森大喝道：
“用你罪恶的代价买取我的生命，
这生命真是多么应该被诅咒！
无耻的女人！可耻生命的债主！
你给我每一呼吸都带来了耻辱。”
他跳下船，登上岸，走进森林里。
黑暗里，枯叶在他脚下沙沙作响，

腐草散发出扑鼻的霉烂气息，
老树向四方伸展着无数杈桠的
树枝，形成的黑影万怪千奇。
他行行重行行，直到路已不通——
整个森林伸出缠满乱藤的手臂，
暗中默默地阻拦着他再向前走去。
他疲倦地坐在地上休息，那像
幽灵一样站在他背后的是谁呢——
那一声不响，一步步追踪前来，
在漆黑的长途中留下血淋淋的
脚迹的？瓦季勒森握紧拳头
嚷道：“你还不放过我去？”女人
闪电般飞来，扑到他的怀里，
她的蓬松的头发，馨香的衣裙，
急喘的呼吸，雨一般的密吻
像洪水一样淹没了他的身体。
夏玛哭着说：“我不离开你，不，
我不离开你。为你我犯了罪，
惩罚我吧，我的主人，假使你
愿意，杀死我，用你自己的手
来结束我的罪恶。”突然，黑夜
在透不进星辰的森林里发抖，
地下弯曲的树根也恐惧地战栗。
窒息中挤出了一声绝望的叹息，
之后，有谁跌倒在地上枯叶里。

瓦季勒森从森林中走出来的时候，
第一道晨光正射在远方湿婆庙顶。

整个早晨，他像疯子一样茫然地
在河边寂寥的沙滩上徘徊不停。
正午燃烧着的阳光，火鞭一样
抽打着他的全身，他口渴难忍，
却不知道喝一口眼前滚滚的河水。
他不理睬汲水村女怜悯的招呼——
“请到我家休息吧，你远方的客人。”
晚上，他疲倦不堪地奔回小船
像飞蛾怀着热切的希望扑向灯火。
啊！小床上，横着一只玲珑的脚镯！
他一次又一次地把它紧贴在胸口，
那镯上金铃的细响也一次又一次
像箭一样刺进他的心窝。船角里
放着一件蓝色纱丽，他扑在上面
把脸埋在皱褶里——那丝的柔软，
不可见的香气，不自主地使他
勾起那可爱、动人的身材的回忆。
晶莹的初五的纤月，慢慢躲在
七叶树的后面，瓦季勒森伸手
向森林呼唤：“回来吧，亲爱的！”
森林的浓密的黑暗里有人影
出现，幽灵似的独立在沙滩。
“来，亲爱的！”“我已经回来了，”
夏玛扑在他的脚前说，“原谅我，
最亲爱的，你那慈悲的手不曾
将我杀死，想是我命不该绝。”
瓦季勒森望着她的脸，伸出
双手把她抱在怀里，突然一阵

战栗，又用力把她推得远远的。
他惊叫着："哦，为什么，哦，
为什么你又回来?"闭上眼睛，
把脸掉开，轻轻说："走开吧!
不要跟着我。"女人沉默了片刻，
于是跪在地上向青年摸足行礼，
然后向岸边走去——像梦一般地
渐渐消失在森林中的黑夜里。

1900 年 9 月

情境赏析

这首诗在人物塑造和心理刻画方面取得了突出的成功，尤其是内心矛盾和心理活动的艺术加工。夏玛出于对瓦季勒森的爱情，让少年乌蒂耶为她殉情牺牲，她自己也感觉到是一种罪孽，内心也有内疚和痛苦，瓦季勒森要杀死她，她仍然追随他，说明她对瓦季勒森的爱情的确达到了疯狂的不顾一切的程度。这样不仅使夏玛形象更有血有肉，而且更有利于深化主题，表现爱情与道德、爱情与人性的矛盾，表现对违反道德、失去人性的所谓爱情的谴责。故事诗对瓦季勒森的刻画也很有深度。他虽然爱上了这位美丽的救命恩人，但当他得知夏玛以少年乌蒂耶的牺牲换取了他的生命后，内心极度痛苦又非常矛盾。他想离开夏玛，夏玛又紧追不放。他动手掐死夏玛，却又回到船上去寻找呼唤她，果真唤回夏玛时又将她赶走，人物的复杂心态表现得淋漓尽致。

这首诗是泰戈尔100多年前的诗作，但今天读来仍然觉得真切感人。这首诗谴责了为了一时的寻欢作乐而无端地焚毁贫苦农民茅舍的皇后，表现了诗人对民本主义的弘扬和真善美的礼赞。

腊月里，寒风吹起
　瓦鲁纳河清澈的涟漪。
远离城市的乡村里，寂静的
芭蕉林中，石砌的堤岸上
走来了迦尸的皇后格鲁那，
　一百名宫女拥簇着正去沐浴。

在国王的禁令中，清晨的
　河堤上不见人影；
住在附近几座茅屋里的
　人们早已回避，河边
一片岑寂，只有树林中
　鸣啭着鸟雀的轻啼声。

瓦鲁纳河水翻滚在
　轻轻喧啸着的北风里，
水面上闪耀着金色的阳光，
欢乐地跳跃着的层层波浪，

像狂舞着的舞女飘荡着
缀满耀眼珠宝的裙裾。

女郎声音的甜蜜
　羞赧了浪花的私语；
莲藕似的美丽的手臂
搅起了河水缠绵的情意；
青天不安地俯视着水中
　纵情欢笑的一百个宫女。

洗完了澡，女郎们
　登上了堤岸——
皇后说："哦，真冷！
我的全身都在发抖，
生起火来吧，朋友，
　让烈火驱除严寒。"

女郎们走进树林
　搜集柴草准备燃火，
她们欢乐地拉着
树枝争争夺夺；
忽然皇后召唤着大家
　惊喜地含笑说：

"你们来呀！看那边
　是谁的茅屋就在眼前？
你们把它点起火，
让我暖和一下手和脚。"
皇后兴奋地说着笑了，

笑得和蜂蜜一样甜。

宫女马乐蒂温柔地说：
“皇后！这是无益的戏谑。
为什么要放火把它烧毁，
修造这茅屋的知道是谁？
可能是穷人，或者异乡做客，
也许是修道的隐居者。”

皇后说：“抛过一边去
这廉价的慈悲心肠！”
难以制止的好奇心，
疯子一样的狂妄，
把茅屋点起火的是这些
残忍的年轻女郎。

浓烟旋卷着旋卷着
喷吐四散。
只一刹那间，浓烟里
迸出了闪亮的火花，
烈焰伸出千百贪馋的
舌头遮住了青天。
像一群愤怒的火蛇
逃出撕裂的地狱，
头颈舞动着伸向天空
发出嘶嘶的咆哮声，
毁灭在女人耳边疯狂地
吹奏着燃烧曲。

晨鸟惊惧地停止了
　欢快之歌。
阵阵乌鸦呱呱地啼叫着，
北风加劲地吹着——
茅屋接连着茅屋延烧起
　熊熊的大火。

毁灭的馋舌舔净了
　河边的小村庄。
冷清清的路上，腊月的清晨里，
带着欢乐的疲倦，伴着百名宫女，
皇后归来了，青莲花拿在手里，
　深红的纱丽穿在身上。

法庭里审判的宝座上
　端坐着大地之主。
无家可归的人一队队走来，
恐惧地在他的脚前匍匐，
抖战着结结巴巴地
诉说他们的痛苦。

国王把头低下——
　羞愤涨红了面颊。
他离开法庭，来到后宫，
质问皇后说："这算干什么！
烧毁穷苦百姓的房屋，
　说吧！是依据谁的律法？"

皇后冷笑着说道：

　“难道那也配叫作房屋！
烧掉了几间破草房
对他们会有多少损伤？
皇后一霎的欢乐不知要
　消耗多少黄金财富。”

国王大声说——心中
　塞满了愤怒之火——
“只要你还是国王的妻子，
烧毁茅屋对穷人是多大的损失
我知道你对这毫无所知；不过，
　我会使你明白你的罪恶。”

国王吩咐侍女脱去她
　华丽的衣裳；
无情地剥下了那件
深红色耀眼的纱丽；
拿来了女丐的破衣
　披在皇后身上。
国王把她拉在路边说：
　去做讨饭的乞丐；
直到有一天你能把那
在你片刻的狂欢里
毁掉的几间破茅屋
　重新修建起来。

“我给你一年的期限，
　期满你再回来，
恭敬地站在法庭里，

当众宣布，那破旧的
茅屋的毁坏对穷人
究竟是多大的损害。”

1900年10月

情境赏析

诗歌开头采用多种艺术手法描写了使河水生情、使青天生嫉的年轻女郎的美丽的形象，使她与周围的安静、优雅的环境形成一幅情景交融的美丽画面。接着诗人又用燃烧烈火、皇后的欢笑与诗歌开始的和谐宁静形成对比，大火中隐藏着灾难、埋伏着毁灭。国王知道实情后，谴责皇后的目中无人、只顾享乐，并对她进行了惩罚。在那高高在上的皇后看来，这不过是“轻微的损害”，她那养尊处优、骄奢淫逸的生活与平常的百姓是多么不同啊！他们的爱和憎是那样的鲜明。国王能够维护正义，这恰是泰戈尔的诗歌所要表现的主题之一，国王的形象恰恰是泰戈尔政治理想的化身。

名家点评

初读泰戈尔的诗，就觉得很美，细看起来，又发觉里面有很深的哲理。他的诗永远带有一种不经意的味道，然而就是这种看似行云流水般的不经意的诗句，却蕴含着博大精深的意境。

——郁达夫

价格的添增

腊月的夜晚分外寒凉，
一片残荷的枯梗败叶
在无情的严霜里摇荡；
卖花人善奴的池塘里
却有白莲一朵
盛开在水中央。

卖花人采下白莲，
来到宫门外，
想求见国王，
把它善价出卖。

这时候，有一个长者，
看见莲花，心生喜悦。
他说："你要多少钱？
我要买你这晚开的白莲。
今天，佛陀在城里说法，
我要把花献在他的座下。"
善奴说："一两黄金，
我情愿卖掉它。"
长者正要付钱，忽然
眼前一派气象庄严——
侍从们捧着檀香花冠，
波斯匿王高颂着梵赞，
为参拜佛陀，他突然
清晨在宫门外出现。

这晚开的一朵白莲，
吸引了波斯匿王的视线。
他问道："你要多少钱？
我要把它献在佛陀脚前。"

卖花人回答说：
"啊！ 国王陛下！
给了一两金子的代价，
这位长者已经买下它。"
"十两黄金我买它"——
吩咐着国王陛下。
长者说："二十两
黄金卖给我吧！"
他们谁也不肯让步，
同声唤着："我要买它！"
白莲花的价格
于是逐渐增加。

卖花人善奴暗自思想：
为了谁他们这般争吵？
我若把花卖给那个人，
岂不是更要得利不少？

于是善奴合掌恳求：
"请陛下、长者原谅，
这朵花我不想卖了。"
卖花人向林中奔跑——
那里佛天常住，

园中光明普照。

佛陀端坐在莲座上，
显示明静愉悦妙相。
他目光宁静似清泉，
慈悲的微笑闪在唇边。

卖花人凝望着
佛的妙相庄严，
目不转睛默默无言。
忽然他五体投地
把那朵晚开的白莲
献在佛莲花似的脚边。

佛微笑着慈祥地问询：
“善男子！说出你的心愿。”
善奴惊慌地回答说：“世尊！
我只要你脚上的灰尘一点。”

1900 年 10 月

比丘尼

当时，大灾荒的
室罗伐悉底城里，
到处是一片灾民
嗷嗷待哺的悲啼。
佛向自己的门徒
一一地低声问询：

“你们谁愿意负起
救济灾民的责任?”

珠宝商人悉多
合掌顶礼佛陀,
他沉思了半晌
最后才低声说:
“全城在饥寒里,
主啊!我哪有
救济它的能力?”

武士胜军接着说:
“为执行你的命令
我愿意赴汤蹈火,
甚至于剖开胸膛
献出鲜红的热血。
但是,我的家里
竟没有粮食一颗。”

法护是个大地主,
他对佛叹气诉苦:
“赶上了这种荒年,
我的黄金的田园
都变作荒芜一片。
我已是这样穷苦,
交不上皇家税赋。”

你望着我,我望着你,
佛的弟子们默默不语。

释迦佛殿里一片寂静，
面向着那受难的灾城
佛大睁着黄昏星似的
一双明亮慈悲的眼睛。

给孤独长者的女儿
低垂着头羞红了脸，
眼含着痛苦的泪水
匍匐在释迦的足前，
谦恭而坚决地低声
诉说着自己的心愿——

“无能的善爱比丘尼
愿满足世尊的心意。
哭喊着的那些灾黎
他们全是我的儿女，
从今天起，我负责
救济灾民供应粮米。”

这话使大家全都惊异——
“你比丘的女儿比丘尼
多么狂妄，不自量力！
竟把这样艰巨的事业
揽在肩头想出人头地。
如今你的粮食在哪里？”

她向大家合掌致敬说：
我只有个乞食的钵盂。
我是一个卑微的女人

比谁都无能的比丘尼
因此完成世尊的使命
全靠你们慈悲的赐予。

“我的丰满的谷仓设置
在你们每个人的家里，
你们的慷慨会装满我
这个取之不尽的钵盂，
沿门募化得来的粮食
将养活这饥饿的大地。”

不忠实的丈夫

圣者克比尔虔诚的声誉传遍了全国各地，
他的茅屋里聚集着来自四方的善男信女。
有人说：“世间真有神在吗？请你做见证。”
有人说：“请为我诵经，驱逐我的疾病。”
有人说：“请显示你天神般的法力。”
不孕的女人哭着说：“请使我生育。”
克比尔含着泪合掌乞求大神诃利：
你使我降生在卑贱的穆斯林家里——
我以为没有谁会到我的身边来，
只有你慈悲地背着人与我同在。
你耍的什么把戏啊！捉弄人的诃利！
引世人到我家里，莫非你想离我远去？

城里所有的婆罗门气愤地互相商量：
“真荒唐，人们竟崇拜异教徒的织布匠！

这真是充满罪恶的世界末日已来临，
不挽回狂澜，那是婆罗门放弃责任！”
于是，婆罗门和一个妓女定下诡计，
秘密地给了她指示，金币递在她手里。

有一次，圣者克比尔卖布来到市集，
突然人丛里有女人拉住他哭哭啼啼。
“喂，狡猾的骗子，太没有良心，
为什么这样暗地里欺骗善良的女人？
抛弃无罪的我，假冒伪善装作僧侣！
少吃无穿，我容颜憔悴，肤色如漆。”

近旁的一群婆罗门假装着盛怒难忍：
“好个玷污宗教欺世盗名的出家人！
你安受供养，却撒沙土在诚实人的眼里，
使这柔弱可怜的女人饥寒交迫沿门行乞。”
克比尔说：“我是有罪的，到我家去吧，
我有粮食，女人，为什么叫你挨饿呢？”

克比尔恭敬地把坏女人带回自己家里，
温和地对她说：“是诃利大神派你来的。”
这时候，女人羞怯、悔恨地低声哭泣：
“贪心使我犯罪，我将在你的诅咒中死去。”
克比尔说：“尊敬的母亲，别怕我因此而怨恨，
你给我带来的诽谤，是我头上最好的装饰品。”

唤起了女人的觉悟，赶去了她心中的邪念，
克比尔教给她以甜蜜的声音低颂着梵赞。
消息传遍四方——伪善的克比尔，虚假的虔诚；

克比尔听了说："是的，谁都比我值得尊敬。
如果能登彼岸，身后的荣誉又何足留恋？
神啊，如果你在上面，我甘愿比谁都低贱。"

国王听到了圣者的赞歌，派来了使者。
克比尔拒绝前往，摇着头对使者说：
"我远离一切可敬的人，在屈辱中隐遁，
像我这样的废人，不配做宫廷里的装饰品。"
使者说："圣者不肯前去，我们将遭不幸，
你的声誉，引起了国王渴望见你的心情。"

宝殿上坐着国王，两旁站满一列侍从；
女人紧跟在背后，圣者克比尔走进宫廷——
有人窃笑，有人皱眉，有人厌恶地低下头。
国王心想：多么无耻，竟有女人跟在身后！
他目光一闪，侍卫们把出家人赶出宫殿，
克比尔恭敬地带着女人回转自己的家园。

途中尽情欢笑着的是那些婆罗门，
他们用难堪的话嘲笑咒骂着出家人。
这时候，女人哭泣着在圣者脚前拜倒：
"为什么你要把我拯救出罪恶的泥沼？
为什么甘受诽谤，留罪人在你门内不放？"
克比尔说："母亲，只因你是诃利的恩赏。"

1900 年 9 月

丈夫的重获

这首诗取材于印度故事《敬信鬘》。诗歌通过16世纪宗教改革家杜尔西达斯帮助“萨蒂”拨开迷雾，逃离火海，重新获得丈夫的故事，揭露了封建陋习，寡妇殉夫自焚的虚妄。

有一天杜尔西达斯在恒河岸边
荒凉的火葬场里，
黄昏时候，独自徘徊着沉醉于
自己编制的歌曲。
他忽然抬头看见，在亡人的脚底
端坐着一位萨蒂；
决心要和她的丈夫在同一把
烈火中死去。
女伴们不断地以鼓舞的欢呼赞叹
她征服死亡的胜利，
婆罗门祭司围绕在四周朗诵着歌颂
她的至善品行的诗句。

忽然女人看见，杜尔西来到面前
她慌忙行礼
恭敬地说道：“主啊，愿你的金口
给我指迷。”

杜尔西问道："母亲，到哪里去呢
　　这样气象庄严?"
女人说："和丈夫一同升入天堂——
　　这是我的心愿。"
"为什么舍弃尘世，要到天堂去?"
　　杜尔西笑着说：
"喂，母亲，难道天堂属于神，
　　尘世竟不是他的?"

不了解他的话，女人呆望着
　　无限迷惘惊诧——
她合掌请求："如果能得到丈夫，
　　天堂就随去吧!"
杜尔西笑着说："请回转家去，
　　我这样吩咐你，
从今天起一个月后你将获得
　　心爱的夫婿。"
女人满怀希望离开了火葬场
　　走回家去，
杜尔西不眠地沉思在恒河岸边
　　寂静的深夜里。

女人虔诚地独自等待在
　　冷清的空屋里，
杜尔西每天前来传授她
　　潜修的经句。
一个月的期限已满，邻居们
　　来到她门前，

问道："获得了丈夫?"女人说：
"唔，那是当然。"
邻居们慌忙又问："快告诉我们，
他在哪间屋里居住?"
女人微笑着说："我的丈夫居住
在我内心深处。"

1900 年 9 月

情境赏析

从构思上看，诗歌力图从理性的高度揭示寡妇自焚殉夫这一陋习的欺骗性，因而回避了对寡妇自焚惨状的描写，因为如果作者花费大量笔墨细致入微地描写惨绝人寰的自焚场面，只能激起读者对陋习的厌恶，而不能对其虚妄性和欺骗性有所认识。此外，在表现诗歌主题时诗人避免了枯燥的说教，全诗几乎没有直接表明诗人的观点的文字，只是通过"萨蒂"的"端坐""呆望""迷惘惊诧""微笑"这些层次有致的微妙变化，形象地表现了人物的心理，同时也道出了诗人的题旨。另外，诗歌通过对话展开情节，诗人十分注意对人物语言的锤炼和语言的个性化。塑造了个性鲜明的印度女性形象。

名家点评

伟大的作品似乎是被分泌出来的，与劳动人民一起，他创作出同情劳动人民的诗，与孩子相处，他便发现自然、天真、自由自在的童心世界，诗情总是与他同在，那是他精神的家园。

——巴金

这首诗无异于一部锡克教徒英勇斗争的史诗。诗人写了锡克教徒的胜利，更写了他们悲壮的牺牲。在莫卧儿军队的残酷镇压下，英雄们的鲜血洒遍五河之邦，七百个英雄连同他们的首领般达都因战败被俘，全部壮烈牺牲。般达父子在敌人面前尤其表现得泰然自若，视死如归。其主题是歌颂民族英雄，歌颂人民群众英勇反抗的精神。

五河环绕着的英雄之国
辫子盘在头上的锡克
响应古鲁的号召站起来了——
不屈不挠，勇敢、坚强。
“古鲁琪万岁”的欢呼
在旁遮普四方回荡；
新觉醒的锡克
不转瞬地凝望着
清晨里新升起的太阳。
阿拉克·尼朗姜——
一声欢呼拉断了
奴隶脚下的铁锁、绳缰。
腰间的宝剑也仿佛
在欢乐里锵锵跳荡。
旁遮普到处震响着——
“阿拉克·尼朗姜！”

终于来到了这样的一天——
千万人的心中不再被恐怖盘踞，
也不再牵挂什么未偿的债务；
生与死只是脚下的奴仆，
精神上再没有烦恼痛苦。
在旁遮普五条河的十个岸边
终于来到了这样的一天。
德里的皇宫里
巴德沙贾达的睡眠
一再从眼中飞去——
是谁的欢呼惊天动地
撕毁了深夜的沉寂？
是谁的熊熊火炬
染红了远处的天际？

英雄们的鲜血
洒在五河岸上——
战士们的生命像鸟儿
成群地飞回鸟窝一样
飞离了千千万万
被利刃刺穿的胸膛。
母亲——祖国的眉心里
有鲜红的圣痣辉煌，
英雄们的鲜血
洒遍在五河岸上。

在死亡的拥抱中
莫卧儿和锡克交锋。

战场上进行着生与死的搏斗
双双掐紧对方的喉咙——
正像巨蟒恶斗着
负伤的苍鹰。
在那天的激战里
轰响着一片杀喊声——
低吼着“古鲁琪万岁”的
是锡克族的英雄，
在血泊中高呼着“胜利”的
是疯狂的莫卧儿士兵。

在这次战争里
锡克的首领般达
成了莫卧儿的俘虏，
像雄狮戴上锁枷
被捆绑着带上
通向德里的大路。
唉！般达在这次战争里
成了莫卧儿的俘虏。

前面走着莫卧儿军卒
扬起了路上的尘土，
枪尖上挑着被割下的
锡克英雄的头颅，
后面跟着七百个
铁索啷当的锡克俘虏。
大街上断绝了行人，
只家家大开着窗户。

不怕死的锡克俘虏
高呼着："万岁，古鲁。"
锡克的英雄和
莫卧儿的军卒，
今天，扬起了
德里大街上的尘土。

俘虏们一个个
高呼着"万岁古鲁琪"
在刽子手的刀下
从容就义。
一天一夜里，
一百个英雄的
一百个头颅落了地。

七天七夜里七百个
生命在刀下完结。
最后，审判官把
捆绑着双手的般达的
儿子拉在般达身边，
说："杀了他！用你
自己的手把他消灭。"

没有说一句话，
般达慢慢地把
孩子拉在胸前。
伸出右手放在孩子
头上给他祝福，
又吻了一下孩子

红色头巾的边沿。

匕首紧握在手中，
般达凝望着孩子的面孔。
他悄悄地在孩子的耳边说：
“高呼一声‘古鲁琪万岁’！
我的好儿子，害怕的
不是锡克教的英雄！”
孩子的嫩脸上闪耀着
勇敢无畏的光辉，
口里高呼着：“古鲁琪万岁！”
法庭里回荡着孩子的呼声，
孩子凝望着般达的面孔。

般达用左臂
揽着孩子的头颈，
右手用力地把匕首
刺进孩子的胸口。
地面上倒下了
孩子的身体，
孩子口里高呼着：
“胜利，古鲁琪！”

法庭里一片死寂。
刽子手用烧红了的
火箸扯碎了般达的身体。
英雄屹立着死去——
不曾发出一声痛苦的叹息。
旁观的人闭上了眼睛，

法庭里是一片死寂。

1900 年 10 月

情境赏析

这首诗是《故事诗》中的名篇，在印度几乎男女老少人人都能背诵。本诗不仅在内容上赞美英勇不屈的精神，表现印度人民优秀的道德品质，而且在形式上也继承了印度优秀文学传统，实现了内容与形式的完美统一。印度文学有以诗叙事的传统，著名的两大史诗《摩诃婆罗多》和《罗摩衍那》世代传诵，历代诗人都喜欢创作“大诗”，即表现英雄业绩的长篇叙事诗。泰戈尔的这首诗具有史诗和“大诗”的某些风格，主题宏大，场面宏伟，英雄形象突出。与传统的史诗和“大诗”不同的是，它没有情节的铺排和渲染，而是非常简洁。诗的格律接近民歌，语言用的是生动的口语，因此更富有艺术感染力，更易为一般群众所接受。

不屈服的人

那时候，奥朗则布
　正蚕食着印度的锦绣河山——
有一天，马鲁瓦的国王
　佳苏般特前来朝见：
“陛下，在一个漆黑的夜晚，
　有人埋伏在阿遮勒堡壕沟里
悄悄捉住了西鲁希王苏罗坦——
　他现在是我宫廷里的囚犯。
我的主人，请你吩咐，

对于他，你希望怎样惩办？”

奥朗则布听了说：
“真是不可思议的消息！
费尽时光居然捉到了
这惊人的霹雳。
他率领着几百山国健儿
驰骋在高山丛林里，
这位拉其普特英雄像沙漠中
耀眼的彩虹一样飘忽来去。
我要召见他——
派使者带他到这里！”

于是马鲁瓦国王佳苏般特
低头合掌请求说：
“禁锢在我宫廷里的
是一只刹帝利种姓的幼狮，
陛下要见他——
请先恩准我的请求吧：
对于这年轻的武士
绝对不要侮辱和轻视。
我将亲自陪他前来，
如果陛下允许。”

奥朗则布微笑着回答说：
“你说的是什么话，
聪明无比的英雄
马鲁瓦的国王啊！
我的心里感到害羞，

因为这话出自英雄的口。
自尊的人谁能够
　损害他的尊严？
告诉你，不必担忧，
　尽管带他走进我的宫殿。”

西鲁希王来到朝廷上，
　陪他前来的是马鲁瓦国王。
他气昂昂地抬着头，一双
　向前平视的眼睛炯炯发光。
侍从们大喝道：“跪下，
　不懂礼貌的强盗！”
头靠在佳苏般特的肩上
苏罗坦安闲地答道：
“除了父母的双脚，
　我从不向任何人拜倒。”

奥朗则布的侍从
　气红了眼瞪视着苏罗坦：
“我要教会你行礼；
　我会叫你把头低下。”
西鲁希王笑着回答：
“休做此想吧！
威胁不会使我低头，
　我向来不知道什么是惧怕。”
宫殿里挺立着英雄苏罗坦，
　手抚着腰间的长剑。

奥朗则布拉过苏罗坦

　让他坐在自己身边，
问道："英雄，五印度中间
　什么地方最称你的心愿？"
苏罗坦答道："阿遮勒堡，
世界上只有它最好！"
肃静的朝堂上断续地
　发出了低声的嘲笑，
于是奥朗则布笑着说：
"我许你永驻阿遮勒堡。"

1900年10月

更多的给予

帕坦的士兵们绑来了
　一群被俘的锡克——
舒里特干基的地面早已
　变成了血的颜色。
那瓦布说："喂，特鲁辛格，
　我要赦免你。"
特鲁辛格回答说："为什么
　你特别轻视我？"
那瓦布说："你是大英雄，
　我不愿对你无礼，
割下你的发辫走吧，
　我只有这一点要求。"
特鲁辛格说："你的慈悲
　我永远不会忘记；

你要的太少，我将多给——
发辫再加上我的头。”

1900 年 10 月

王的审判

——拉其斯坦

婆罗门说，“我的妻子
　在屋子里，
半夜贼人进去
　要行无礼。
我捉住了他，现在告诉我
　给贼人什么惩罚？”
“死！”
　罗陀罗奥王只说了一个字。

飞奔着前来的使者说：
　“贼人，就是太子；
婆罗门在夜里捉住了他，
　今天早晨把他杀死。
我捕获了那人，
　给婆罗门什么惩罚？”
“放了他！”
　罗陀罗奥王只说了一句话。

1900 年 10 月

戈宾德·辛格

“朋友，你们全都回去，
　现在还不到时候。”
天将破晓，耶摩那河边，
丘岭迤逦，幽深的森林里，
锡克的宗师戈宾德吩咐着
　他的几个门徒。

走吧，拉姆达斯，走吧，莱哈里
　萨胡，你也回去。
不要引诱我，呵，不要召唤我
　跳进那战斗的大海，
且让我留在这里
　远离人生的舞台
我久已背过脸去，堵上耳朵，
　躲藏在森林里。
远方，无边的人海
咆哮着掀起哀号的巨浪。
在这里，我只是独自沉入
　自己秘密的事业里。
从那喧嚣的人境里
　似乎人类的灵魂向我召唤。
死寂的暗夜里，我从梦中惊起，
大声呼喊着：“我来了，我就来！”
我渴望着把自己——身、心、灵魂投入
　那伟大的人群的洪流里。

看见你们，我的灵魂激荡，
　我的心疯狂地驰骋。
我的血液燃烧着
千百火焰蛇一般地舞动，
像在嘲笑我似的，我的宝剑
　也在剑鞘里锵锵作声。

那该是多么欢乐——离开这森林
　手执着胜利的号角，
冲入密集的人群，
去推翻暴君，重整江山，
去把侵略者的胸膛
用利剑刺穿。

那野马样不可知的命运
　我曾把它制伏。
亲自套上缰绳，
鞭策它越过一切障碍，
不辞一切艰难困苦
　奔上自己的道路。

谁敢阻住我的去路？有的躲开，
　有的滚倒在尘埃，
企图抵抗的化为齑粉，
后面留下的是我的脚印。
在摧毁一切的烈火浓烟里
　青天的大眼也充满惊惧。

我曾千百次跳过死亡的深渊，

　登上人生的海岸。
那时天际有不眨眼的星辰
在暗夜里指示着方向，
人群的洪流回旋激荡着
　在两岸怒吼呼啸。
管它什么昏黑的静夜，
　或是炎热的白昼；
管它什么天空里四面
笼罩着乌云，雷声隐隐；
管它什么狂飙飓风
　无情地压向头顶。

"来啊，来啊。"我向大家呼唤，
　大家飞奔着聚集在我面前。
他们打开房门，
他们抛弃家园，
把欢乐、幸福、爱情的羁绊
　毫不顾惜地扯断。

像五河的水
　汇集在海洋里——
听了我的召唤，谁肯裹足不前？
信徒们的心和我打成一片，
旁遮普到处掀起了
　"万岁，万岁"胜利的呼唤。

"你要到哪里去？懦夫！"我的声音
　传送到深山、密林、隐秘的角落。
清晨里听见了召唤——来啊，来啊！

工作的人抛掉了工作。
深夜里听见了召唤——来啊，你们来啊！
　人们连睡眠都忘却。

我走在前面，人们从四方拥来，
　阻塞了道路，挤满了渡口。
忘记了种姓和门第的不同，
轻易地献出自己的生命，
尊贵的、卑贱的、婆罗门和锡克
　团结成一个。
算了吧，朋友，不要再做这样的梦吧！
　现在还不到那个时候。
现在我仍需独自消磨这漫长的黑夜，
我仍需不眠地数着一分一秒的时间，
我仍需不转瞬地凝望着东方的天际
　等待着晓日初升的黎明出现。

如今我只是在幻想的世界里驰骋，
　大森林是我的都城。
如今只是静静地思索，
只是无所事事地暗自修炼，
白天夜晚，只是呆坐着
　倾听自己内心的语言。

于是，我独自退居在耶摩那河边
一片崎岖难行的丛山里。
旁遮普高原将我哺育到壮年，
我的歌声混入耶摩那河水的飞溅。
为未来的事业培养能力，

　我在暗中艰苦锻炼。

就这样度过了漫长的十二年，
　还有多少时日要等待迁延？
我从周围不朽的生命里
一点一滴地吸取着养料，
　几时我才能说
　够了，我已经功果圆满？
几时我才能真正宣布——
　是时候了！
起来，朋友们，追随我——
你们的师父召唤你们全体，
起来，朋友们！从我的生命里
　你们将获得新的生命力。

再没有恐惧，再没有怀疑，
　再没有蹒跚动摇、重重顾虑。
我已经找到出路，获得真理。
摔开了整个世界，屹然独立，
在我的面前没有生，没有死，
　没有，没有，什么都没有。

我的心，仿佛听见了
　来自天上的声音——
在自我光照中站起来吧。
看哪，从那遥远的地方
被你吸引在身旁的
　何止千百人？

"听，那波涛的汹涌声——
　心的洪流在奔驰。
坚定地站起来吧！你要
警觉地守望着如一座灯塔，
在这夜里，你如果沉睡，
　他们就会各自回家。"

你们看，遥远的天边
　张起了漆黑的夜幕，
飓风带着死亡已经到来，
我在心房里点起了明灯，
在飓风里它不会熄灭，
　它将永远给大家照亮前程。

走吧，萨胡，走吧，拉姆达斯，
　回去吧，我劝你们回家乡。
在你们全部回去的时候，
来，欢呼一声"古鲁万岁！"
高举起双臂，欢呼"万岁，万岁，
　万岁，阿拉克·尼朗姜！"

1886 年 5 月

这首诗写于1900年10月，可以说是《戈宾德·辛格》的续篇。在《戈宾德·辛格》中，戈宾德·辛格要在森林中静下来总结战斗的经验教训，而《最后的一课》则是写他一生的结局，给人一种既惊心动魄，又异常悲壮之感。

有一天，锡克教的宗师戈宾德独自
在旷野里回忆着自己一生的经历；
那曾为自己的青春写下了一幅金光
灿烂的图画的壮志雄心如今在哪里？
那神前的誓师，那坚定不移的志愿
的确也曾使婆罗多的统一一度实现，
但是，祖国啊，它现在风雨飘摇，
软弱无力，它任人宰割，破碎支离。
这是谁的错？生命竟是白白虚掷了吗？
极端的困惑，疲倦的身体，痛苦的心，
戈宾德在沉思里消磨着朦胧的黄昏。
这时候，来了一个帕坦人，对他说：
“我要回乡去，把你欠我的马钱还我。”
戈宾德说：“锡克琪，我向你敬礼，
钱等明天再还你，今天你先回去。”
帕坦怒吼着说：“钱，今天一定要还！”
一边说着一边用力拉住了他的手——

污蔑他是强盗、骗子，要把他拉走。
戈宾德听了，闪电一般拔出了利剑，
一转眼的工夫割下了帕坦人的头——
淋淋的鲜血在地面上横流。看见
自己所做的一切，古鲁摇摇头说：
“看来我的生命已近完结。这一柄
不斩无辜的宝剑竟违背了我的本心
轻率地让无罪的人徒然流了血。
自信已从我这只手臂上永远消失，
这罪恶，这羞耻，我发誓要洗去，
从今天起，这是我最后的一件事。”

帕坦人有个儿子，尚在幼年。
戈宾德把他找来，带在身边，
日日夜夜抚育他，如同自己的
儿子时时不离眼前。亲自教他
背诵经典，演习兵法和斗剑。
这年老的英雄，锡克的古鲁琪，
像孩子一样还在清晨和黄昏里
陪伴着帕坦的儿子一同游戏。
信徒们看到这一切，走来对他说：
“师父啊，这是干什么？我们害怕。
对于一只虎犊这样珍爱，莫非
想使她的天性更改？一旦他长大，
她的爪牙也会长出来，小心啊，
敬爱的师父，人会被利爪伤害。”
戈宾德笑着说：“正是希望如此！
一只虎犊如果不让他变成猛虎，

那我又何必为他多费心思?”
孩子在戈宾德手中渐渐长大。
孩子像影子似的跟随着他，
孩子像亲生子似的孝敬他。
戈宾德爱他如同自己的生命，
戈宾德爱他如同自己的右手。
戈宾德的儿子全都在战场上
牺牲了，如今，帕坦的儿子
填塞了垂老的古鲁心中的空虚。
正像古老榕树身上的腐洞里
被风从外面吹进一粒种子，
不知不觉地发芽生枝，慢慢地
绿叶青葱压盖了衰老的树枝。

有一天，孩子跪在古鲁脚前说:
“蒙您亲自教导，我已学得武艺，
如果师父允许，凭我这超人膂力
已经有资格参加国王的军旅。”
戈宾德手抚着他的脊背——
“你还缺最后的一课没有学习。”
第二天，向晚时分，古鲁戈宾德
独自走出房门，叫来孩子对
他说:“带着你的武器同我来!”

两人沉默着慢慢地向河岸边
树林中走去。裸露着石子的
河滩上，有雨季山洪划破
血红色沙土蜿蜒流过的痕迹。

到处是一行行高大的娑罗树，
树根下密集着丛生的灌木。
及膝的河水，水晶一般清澈。
渡过河，古鲁作了一个眼色——
孩子站住了。火红的晚霞像
蝙蝠的薄翅似的拖着长长的
影子，在静穆的天空中向西方
缓缓飞去。戈宾德向孩子说：
“马穆德，来这里，掘开这块地。”
孩子挖开沙土，露出一块青石，
上面染有殷红的血渍。古鲁说：
“石上的红印，是你生父的血痕。
我没有还他的债，也不容他还手，
就在这里，我割下了他的头。
今天到了时候，喂，帕坦！
如果你是你父亲的好儿子，
拔出剑来——杀掉害死你父亲的
仇人，用他的热血来祭奠那
饥渴的亡魂。”如同猛虎似的
一声吼叫，两眼通红的帕坦
跳起来扑在戈宾德的身上——
古鲁只呆立着如同木偶一样。
帕坦扔掉武器，在他脚边跪下：
“师父啊！请不要和魔鬼开这样
可怕的玩笑吧！父亲的流血，
在道义上我应该把它忘记；
在悠长的岁月里，我认您是
父亲、师父、朋友三位一体。

让这种深厚的感情展开在
我心中，压下那仇恨的念头吧！
师父，我向您致敬。”说完这话，
帕坦飞快地跑出树林，没有
回头望一眼，没有停一下脚步。
戈宾德的眼睛里滚下了泪珠。

帕坦自从那天由森林中归来，
总是远远地把戈宾德躲开。
清晨，寂静的卧室里他不再
前来唤醒师父；夜晚他不再
手持武器守卫在师父的房门外；
他不再一个人陪着师父到对岸
去打猎；没有人在旁边的时候，
就是师父叫他，他也不肯前来。
有那么一天，戈宾德和帕坦
下棋消遣，谁也不曾注意天色
已晚——屡次的失败已经激怒了
帕坦。黄昏了；黑夜已来临，
弟子们回家去了——渐渐夜深。
一心一意地低着头，帕坦在
思索着下一步棋应该怎样走；
这时候，戈宾德突然用棋子
狠狠打中了帕坦的头，狂笑着
大声说：“和有杀父之仇的人
一同下棋，像这样的胆怯鬼，
他还想得到胜利？”立刻帕坦从
腰间拔出了匕首，闪电一般地

把它刺进师父戈宾德的胸口。
戈宾德微笑着说："日子这样久，
你似乎才知道对于不义的人
怎样去报仇。最后的一课我
已经教给你，孩子，我很满足，
让我来给你最后一次的祝福。"

1900 年 10 月

情境赏析

诗中写了戈宾德如何像抚育自己的儿子一样抚育帕坦人的儿子，最后告诉他要报仇，并故意激怒他，使帕坦人的儿子报仇，这悲壮的行为，让我们的内心难以平静。在戈宾德·辛格的意识中，人应受到应得的惩罚，如果不受到应得的惩罚，则是那个人的奇耻大辱。这是一种多么崇高的赎罪精神啊！戈宾德·辛格是一个多么光明磊落的人啊！

仿造的布迪堡

——拉其斯坦

"不再喝水，不再进食！"
　奇多尔王发誓——
"只要布迪堡还在地面上
　存在一日。"
大臣们说："国王陛下，
这是什么样的誓愿啊！
那人力办不到的，如何

　使它成为事实?”
奇多尔王说:“不成功,
　我便殉誓。”

布迪堡距离奇多尔有
　五十里的路程,
那里的哈拉族人全都是
　杰出的英雄。
那是哈姆王的采邑,在那里
没有人知道什么叫作恐惧。
布迪堡的英名,奇多尔王的
　誓言便是证明。
布迪堡距奇多尔只有
　五十里的路程。

大臣们悄悄设计——
　“今夜通宵不寐,
用泥土仿照布迪堡
　修座假的堡垒,
国王将亲自前来使它
在地面上变作泥沙一堆,
不然,只为一句大话
　他的生命会销毁。”
于是在奇多尔的中心
　建起了仿造的堡垒。

贡波曾是奇多尔王的仆人,
　哈拉族的好汉,
正射鹿归来,肩头上

　背着坚弓和利箭。
他听到消息说："你是谁！
要把仿造的布迪堡摧毁，
想叫哈拉族在拉其普他拿
　再不能出头露脸？
我要保卫仿造的布迪堡，
　哈拉族的好汉！"

奇多尔王前来捣毁
　仿造的堡垒，
"走开！"——贡波唤着，
　声如沉雷。
"想拿布迪堡之名作耍？
我不容许对它污辱、践踏，
组成堡垒的那些泥沙，
　一粒也不许销毁。"
"走开！"——贡波喊着，
　声如沉雷。

双手弯弓，一膝在
　地面跪倒，
一个贡波独自保卫着
　仿造的布迪堡。
奇多尔王带来的士兵
高举着宝刀向他围剿，
贡波的头转眼间滚落在
　土堡门外的一角。
他的鲜血光荣地染红了

仿造的布迪堡。

1900 年 10 月

洒 红 节

——拉其斯坦

普那戈国王的王后从凯杜那地方
　送给帕坦的凯萨尔·卡一封书信：
“你以为用战争可以获取友谊？
春天就会从眼前姗姗归去，
来吧，将军，带着你帕坦的队伍
　和我们拉其普特的女人欢度迎春。”
战败之后失却了许多城镇，
　从凯杜那地方王后送去了书信。

凯萨尔·卡心中狂喜，
　笑眯眯捻着唇上的髭须。
眼皮染上了黑色的黛墨，
头巾选中了绛红的颜色，
手里的手帕香气扑鼻，
　千百遍在嘴巴上擦来擦去。
皇后要和帕坦人洒红游戏，
　凯萨尔·卡笑嘻嘻捻着髭须。
素馨花丛里吹来了
　三月里沉醉的轻风。
芒果林吐出没药似的芳香；
不听话的蜜蜂自作主张，

随心所欲地嗡嗡歌唱着
　在芒果林中四处回旋飞动。
凯杜那城里今天来到了
　一队队过洒红节的帕坦士兵。

凯杜那城国王的花园中
　闪耀着落日血红的颜色。
帕坦的士兵来到御苑里
乐队的短笛正吹着黄昏曲。
来了一百个王后的宫女，
　要陪帕坦人欢度洒红节。
那时候正是日落时分，
　太阳喷出愤怒的血红颜色。

长裙拖到脚面，
　春风里飘荡着披肩。
左手托着盛红粉的金盘，
喷红的唧筒悬挂在腰间；
右手挽着装满玫瑰水的铜罐，
　一队队的宫女来到花园，
一步步飘曳着长裙，
　春风里荡漾着披肩。
狡猾的微笑闪烁在眼角里，
　凯萨尔·卡向女人敬礼——
“身经百战，我幸能生还，
今天，怕要魂销魄散。”
突然响起了一阵狂笑，
　笑倒了王后的一百个宫女。

歪戴着红色的头巾
　凯萨尔笑嘻嘻向女人敬礼。

如今开始洒红游戏，
　红粉飘扬，染红了黄昏的天际。
素馨花涂上了新的颜色，
树根下洒满了红色的水迹，
鸟儿忘记了啼叫，惊呆在
　拉其普特女人的狂笑里。
啊，是何处飘来的红雾
　染红了黄昏的天际？
为什么我不目迷心醉啊——
　暗自思量着凯萨尔·卡。
胸膛为什么不是丰满突起？
女人脚镯上的金铃为什么
响得那样嘈杂不合韵律，
　手镯的叮当也欠文雅？
唉！为什么不目迷心醉啊——
　暗自思量着凯萨尔·卡。

帕坦人心想：拉其普特的女人
　身上找不出一点儿柔媚风情。
一双手臂不像莲藕，
声音羞哑了天上的霹雳，
那是些僵硬横斜的
　沙漠中无花的枯藤。
帕坦人心想：这些女人的心中
　找不出一点儿柔媚风情。

"伊曼"曲调里
　笛声急促又庄严。
胸前垂着珍珠的项链，
赤金的宽手镯戴在手腕，
接过宫女递来的盛红粉的铜盘——
　王后降临了御花园。
这时候，"伊曼"曲调里
　笛声急促又庄严。

凯萨尔·卡说："伫望着你的
　来临，几乎盼瞎了双眼。"
王后说："我们也有同感。"
一百个宫女不禁大笑——
突然帕坦将军的额头上
　飞来了王后手中的铜盘。
鲜血四射如喷泉
　帕坦将军真的瞎了双眼。

像晴天一声霹雳
　敲起了咚咚的战鼓。
星空里升起了抖颤的月亮，
飘忽来去着冷森森的剑光，
唢呐在园门里
　雄赳赳地吹个不住。
御园里一棵棵的树根下
　响起了咚咚战鼓。

脱下了长裙，
　风吹去了披肩。

是谁念了一声咒语，
脱下了女人的彩衣，
像花丛里蹿出了一百条毒蛇
一百个英雄立刻包围了帕坦。
脱下了长裙，
　梦一般的风吹去了披肩。

帕坦从那条路上来了，
　他们再不能从那条路上生还。
春夜里沉醉了的
　杜鹃不停地啼唤，
凯萨尔·卡的洒红节
　结束在凯杜那的御花园。
帕坦从那条路上来了，
　他们再不能从那条路上生还。

1900 年 9 月

诗人要把歌献给他心中的神。在这一组诗中，诗人阐明了他向“神”虔诚献歌的缘由，这也便是全诗的缘起。虽然这五首诗只是一个引子，但道出了全诗的创作缘由及其主要歌颂对象，包含着浓厚的神秘主义成分，读起来仍然朗朗上口、清新优美。诗人在这里表达了复杂的情感，有快乐、甜美，也有“凝涩与矛盾”。他的诗被一种虔敬、高洁的情感弥漫着。

1

你已经使我永生，这样做是你的欢乐。这脆薄的杯儿，你不断地把它倒空，又不断地以新生命来充满。

这小小的苇笛，你携带着它逾山越谷，从笛管里吹出永新的音乐。

在你双手的不朽的安抚下，我的小小的心，消融在无边快乐之中，发出不可言说的词调。

你的无穷的赐予只倾入我小小的手里。时代过去了，你还在倾注，而我的手里还有余量待充满。

2

当你命令我歌唱的时候，我的心似乎要因着骄傲而炸裂；我仰望着你的脸，眼泪涌上我的眶里。

我生命中一切的凝涩与矛盾融化成一片甜柔的谐音——我的赞颂像一只欢乐的鸟，振翼飞越海洋。

我知道你欢喜我的歌唱。我知道只因为我是个歌者，才能走到你的面前。

我用我的歌曲的远伸的翅梢，触到了你的双脚，那是我从来不敢想望触到的。

在歌唱中陶醉，我忘了自己，你本是我的主人，我却称你为朋友。

3

我不知道你怎样地唱，我的主人！我总在惊奇地静听。

你的音乐的光辉照亮了世界。你的音乐的气息透彻诸天。你的音乐的圣泉冲过一切阻挡的岩石，向前奔涌。

我的心渴望和你合唱，而挣扎不出一点儿声音。我想说话，但是言语不成歌曲，我叫不出来。呵，你使我的心变成了你的音乐的漫天大网中的俘虏，我的主人！

4

我生命的生命，我要保持我的躯体永远纯洁，因为我知道你的生命的抚摩，接触着我的四肢。

我要永远从我的思想中屏除虚伪，因为我知道你就是那在我心中燃起理智之火的真理。

我要从我心中驱走一切的丑恶，使我的爱开花，因为我知道你在我的心灵深处安设了座位。

我要努力在我的行为上表现你，因为我知道是你的威力，给我力量来行动。

5

请容我懈怠一会儿，来坐在你的身旁。我手边的工作等一下子再去完成。

不在你的面前，我的心就不知道什么是安逸和休息，我的工作变成了无边的劳役海中的无尽的劳役。

今天，炎暑来到我的窗前，轻嘘微语；群蜂在花树的宫廷中尽情弹唱。

这正是应该静坐的时光，和你相对，在这静寂和无边的闲暇里唱出生命的献歌。

情境赏析

为了理解这五首诗，首先应理解以下两个问题。一、诗中的“你”就是“神”。而诗人心中的“神”，既是高度抽象的，又是非常具体的；既是不可知的、不可思议的，又是无所不在、无时不在，体现于任何人和事物中的。二、诗中的“我”和“你”的关系。“你”是宇宙的创造者，自然是人类的创造者，也是“我”的创造者，是“使我永生”的主宰，是“我的主人”；“你”是宇宙间万事万物的根源，自然也是“我”情感的根源，是“我”歌唱的根源；“我”要与“你”合一，“我的心渴望和你合唱”。

诗人要把歌献给他心中的神，歌颂神的创造，歌颂神的完美，但神在诗人心中是遍在的，存在于一切人、物之中，因此，诗人要歌颂人生，要“唱出生命的献歌”，于是颂歌与颂人、与表现人生的重大主题便结合在一起了。

6

摘下这朵花来，拿了去吧，不要迟延！我怕它会萎谢了，掉在尘土里。

它也许配不上你的花冠，但请你采折它，以你手采折的痛苦来给它光宠。我怕在我警觉之先，日光已逝，贡献的时间过了。

虽然它颜色不深，香气很淡，请仍用这花来礼拜，趁着还有时间，就采折罢。

7

我的歌曲把她的妆饰卸掉。她没有了衣饰的骄奢。妆饰会成为我们合一之玷；它们会横阻在我们之间，它们叮当的声音会掩没了你的细语。

我的诗人的虚荣心，在你的容光中羞死。呵，诗圣，我已经拜倒在你的脚前。只让我的生命简单正直像一支苇笛，让你来吹出音乐。

8

那穿起王子的衣袍和挂起珠宝项链的孩子，在游戏中他失去了一切的快乐；他的衣服绊着他的步履。

为怕衣饰的破裂和污损，他不敢走进世界，甚至于不敢挪动。

母亲，这是毫无好处的，如你的华美的约束，使人和大地健康的尘土隔断，把人进入日常生活的盛大集会的权利剥夺去了。

9

呵，傻子，想把自己背在肩上！呵，乞人，来到你自己门口求乞！

把你的负担卸在那双能担当一切的手中罢，永远不要惋惜地回顾。

你的欲望的气息，会立刻把它接触到的灯火吹灭。它是不圣洁的——不要从它不洁的手中接受礼物。只领受神圣的爱所赋予的东西。

10

这是你的脚凳，你在最贫最贱最失所的人群中歇足。

我想向你鞠躬，我的敬礼不能达到你歇足地方的深处——那最贫最贱最失所的人群中。

你穿着破敝的衣服，在最贫最贱最失所的人群中行走，骄傲永远不能走近这个地方。

你和那最没有朋友的最贫最贱最失所的人们做伴，我的心永远找不到那个地方。

11

把礼赞和数珠撇在一边罢！你在门窗紧闭幽暗孤寂的殿角里，向谁礼拜呢？睁开眼你看，上帝不在你的面前！

他是在锄着枯地的农夫那里，在敲石的造路工人那里。太阳下，阴雨里，他和他们同在，衣袍上蒙着尘土。脱掉你的圣袍，甚至像他一样下到泥土里去罢！

超脱吗？从哪里找超脱呢？我们的主已经高高兴兴地把创造的锁链戴起；他和我们大家永远联系在一起。

从静坐里走出来罢，丢开供养的香花！你的衣服污损了又何妨呢？去迎接他，在劳动里，流汗里，和他站在一起罢。

81

在许多闲散的日子，我悼惜着虚度了的光阴。但是光阴并没有虚度，我的主。你掌握了我生命里寸寸的光阴。

你潜藏在万物的心里，培育着种子发芽，蓓蕾绽红，花落结实。

我困乏了，在闲榻上睡眠，想象一切工作都已停歇。早晨醒来，我发现我的园里，却开遍了异蕊奇花。

情境赏析

泰戈尔在描述上帝的遍在性时表现出了巨大的同情心和博爱的情怀，他规劝人们要行善积德，对人们做了一种宗教训诫。

在第10首和第11首诗中，泰戈尔明确地指出，上帝在最贫穷无助的下等人那里，这不仅源自泰戈尔的哲学，还出自他的伟大的同情心。泰戈尔是伟大的爱国主义者、人道主义者，他对印度下层贫苦劳动人民寄予了无比同情。在泰戈尔的年代里，印度的绝大多数人民都是穷人，都在过着朝不保夕的生活，都在死亡线上挣扎。穷苦的印度劳动者大多信奉宗教，他们把希望埋藏在心里，寄托于来世。泰戈尔对自己国家人民的处境十分了解，他曾经在各种场合呼吁人们帮助穷人，他自己也身体力行，不仅在诗作中表达了他的同情心，而且也在实际行动中进行社会改革实践。他不像某些宗教家那样，为了逃避社会现实而追求超脱，或者摆出一副道貌岸然的姿态。他与他的上帝一起，在劳动民众之中。穷苦的劳动者身上虽然是汗臭和尘土，但他却并不觉得肮脏，反而认为那是圣洁的。在这里，诗人把上帝和劳动者等同看待，在两者间画了等号，因此说，在我国的广大不信教的读者看来，这两首诗与其说是赞美上帝的，不如说是讴歌劳动和劳动人民的。

在第81首诗中，更进一步指出，上帝“潜藏在万物的心里”。明确地强调了“神”的遍在性。“神”无所不在，不仅在人那里，也在物那里，而且在内心的深处。也就是说，万物都是有灵魂的，上帝的最高灵魂分散为千千万万个，个体灵魂是普遍存在的，这似乎是一种“泛神论”思想，但又与我们通常所理解的泛神论有所不同。印度教哲学中的泛神论不仅承认万物有灵，还强调万物之灵统属于一个最高的灵魂，强调个体灵魂与最高灵魂的最终认同和回归。这样，作为上帝的最杰出创造物的人，便可以通过修行达到一个崇高的境界，得到最后的归宿，这便是“神人合一”“梵我一如”。

12

我旅行的时间很长，旅途也是很长的。

天刚破晓，我就驱车起行，穿遍广漠的世界，在许多星球之上，留下辙痕。

离你最近的地方，路途最远，最简单的音调，需要最艰苦的练习。

旅客要在每一个生人门口敲叩，才能敲到自己的家门，人要在外面到处漂流，最后才能走到最深的内殿。

我的眼睛向空阔处四望，最后才合上眼说“你原来在这里！”

这句问话和呼唤“呵，在哪儿呢？”融化在千股的泪泉里，和你保证的回答“我在这里！”的洪流，一同泛滥了全世界。

13

我要唱的歌，直到今天还没有唱出。

每天我总在乐器上调理弦索。

时间还没有到来，歌词也未曾填好；只有愿望的痛苦在我心中。

花蕊还未开放；只有风从旁叹息走过。

我没有看见过他的脸，也没有听见过他的声音；我只听见他轻蹑的足音，从我房前路上走过。

悠长的一天消磨在为他在地上铺设座位；但是灯火还未点上，我不能请他进来。

我生活在和他相会的希望中，但这相会的日子还没有来到。

14

我的欲望很多，我的哭泣也很可怜，但你永远用坚决的拒绝来拯救我；这刚强的慈悲已经紧密地交织在我的生命里。

你使我一天一天地更配领受你自动的简单伟大的赐予——这天空和光明，这躯体和生命与心灵——把我从极端的危险中拯救了出来。

有时候我懈怠地捱延，有时候我急忙警觉寻找我的路向；但是你却忍心地躲藏起来。

你不断地拒绝我，从软弱动摇的欲望的危险中拯救了我，使我一天一天地更配得你完全的接纳。

15

我来为你唱歌。在你的厅堂中，我坐在屋角。

在你的世界中我无事可做；我无用的生命只能放出无目的的歌声。

在你黑暗的殿中，夜半敲起默祷的钟声的时候，命令我吧，我的主人，来站在你面前歌唱。

当金琴在晨光中调好的时候，宠赐我吧，命令我来到你的面前。

16

我接到这世界节日的请柬，我的生命受了祝福。我的眼睛看见了美丽的景象，我的耳朵也听见了醉人的音乐。

在这宴会中，我的任务是奏乐，我也尽力演奏了。

现在，我问，那时间终于来到了吗，我可以进去瞻仰你的容颜，并献上我静默的敬礼吗？

17

我只在等候着爱，要最终把我交在他手里。这是我迟误的原因，我对这延误负疚。

他们要用法律和规章，来紧紧地约束我；但是我总是躲着他们，因为我只等候着爱，要最终把我交在他手里。

人们责备我，说我不理会人；我也知道他们责备是有道理的。

市集已过，忙人的工作都已完毕。叫我不应的人都已含怒回去。我只等候着爱，要最终把我交在他手里。

18

云霾堆积，黑暗渐深。呵，爱，你为什么让我独在门外等候？

在中午工作最忙的时候，我和大家在一起，但在这黑暗寂寞的日子，我只企望着你。

若是你不容我见面，若是你完全把我抛弃，我真不知将如何度过这悠长的雨天。

我不住地凝望遥远的阴空，我的心和不宁的风一同彷徨悲叹。

19

若是你不说话，我就含忍着，以你的沉默来填满我的心。我要沉静地等候，像黑夜在星光中无眠，忍耐地低首。

清晨一定会来，黑暗也要消隐，你的声音将划破天空从金泉中下注。

那时你的话语，要在我的每一鸟巢中生翼发声，你的音乐，要在我林丛繁花中盛开怒放。

27

灯火，灯火在哪里呢？用熊熊的渴望之火把它点上罢！

灯在这里，却没有一丝火焰，——这是你的命运吗，我的心呵！你还不如死了好！

悲哀在你门上敲着，她传话说你的主醒着呢，他叫你在夜的黑暗中奔赴爱的约会。

云雾遮满天空，雨也不停地下。我不知道我心里有什么在动荡，——我不懂得它的意义。

一霎的电光，在我的视线上抛下一道更深的黑暗，我的心摸索着寻找那夜的音乐对我呼唤的径路。

灯火，灯火在哪里呢？用熊熊的渴望之火把它点上罢！雷声在响，狂风怒吼着穿过天空。夜像黑岩一般的黑。不要让时间在黑暗中度过罢。用你的生命把爱的灯点上罢。

32

尘世上那些爱我的人，用尽方法拉住我。你的爱就不是那样，你的爱比他们的伟大得多，你让我自由。

他们从不敢离开我，恐怕我把他们忘掉。但是你，日子一天一天地过去，你还没有露面。

若是我不在祈祷中呼唤你，若是我不把你放在心上，你爱我的爱情仍在等待着我的爱。

34

只要我一息尚存，我就称你为我的一切。

只要我真诚不灭，我就感觉到你在我的四围，任何事情，我都来请教你，任何时候都把我的爱献上给你。

只要我一息尚存，我就永不把你藏匿起来。

只要把我和你的意旨锁在一起的脚镣，还留着一小段，你的意旨就在我的生命中实现——这脚镣就是你的爱。

36

这是我对你的祈求，我的主——请你铲除，铲除我心里贫乏的根源。

赐给我力量使我能清闲地承受欢乐与忧伤。

赐给我力量使我的爱在服务中得到果实。

赐给我力量使我永不抛弃穷人也永不向淫威屈膝。

赐给我力量使我的心灵超越于日常琐事之上。

再赐给我力量使我满怀爱意地把我的力量服从你意志的指挥。

情境赏析

在第 17、第 18 首诗里，诗人所说的爱不是一般的爱，而是一种对“神”的特殊情感。泰戈尔认为爱是实现神人合一的重要途径。他的爱归根结底是来自上帝，上帝赋予人类以灵魂，也赋予人类以情感，上帝以无边的爱关怀着人类。这两首诗不仅表达他对上帝之爱的渴望，也暗示了爱的根源，还指出了爱的力量的伟大，它可以帮助人化解彷徨和悲哀，度过黑暗和寂寞时光。同时，泰戈尔所说的爱又是最纯洁、最无私、最真诚、最神圣的爱。是一种超越一切的爱，一种自由自在的爱。

与第 18 首诗一样，第 27 首诗重点表现的是爱的伟大力量。诗人把爱比作灯火，爱就像灯火一样，在黑暗中给人以光明和希望，一个人如果没有爱，就像灯没有火焰，而只有一个空架子，“还不如死了好”。由此可见，诗人特别强调爱的重要性，强调爱在人生中的特殊意义。

第 32 首诗是对第 17 首诗的进一步诠释，诗人把他所说的爱和尘世上的爱做了比较。在诗人看来，尘世的爱是一种庸俗的爱，这种爱只是一种束缚，一种羁绊，而他所说的爱（来自神的爱）则是无比伟大无比高尚的，是一种超越一切的爱。

第 34 首诗中，诗人把他所说的爱又比喻为脚镣，这里的脚镣绝不是一种束缚和羁绊，而是代表着牢固的联系，一种紧密而不可动摇的联系。爱，源自上帝，诗人从上帝那里得到爱，也把爱献给上帝。他认为，他的一切都属于上帝，上帝就是他的一切，他的爱归根结底也属于上帝，他要通过爱以达到与上帝的认同，这是他的人生目标。

第 36 首诗中，泰戈尔又把爱具体化，这种具体的爱表现在人生当中，表现在为民众的服务之中。心中充满了爱，就具有了无穷的力量，不仅可以“轻闲地承受欢乐与忧伤”，而且可以“超越于日常琐事之上”，可以“永不抛弃穷人也不向淫威屈膝”。这个爱被具体化为一种道德力，一种意志力，一种社会责任感。所以，在泰戈尔那里，爱既是抽象的，又是具体的，既要在心目中把它献给它不可知的神明，又要在人生中贯彻始终。

20

莲花开放的那天，唉，我不自觉地在心魂飘荡。我的花篮空着，花儿我也没有去理睬。

不时地有一段忧愁来袭击我，我从梦中惊起，觉得南风里有一阵奇香的芳踪。

这迷茫的温馨，使我想望得心痛，我觉得这仿佛是夏天渴望的气息，寻求圆满。

我那时不晓得它离我是那么近，而且是我的，这完美的温馨，还是在我自己心灵的深处开放。

21

我必须撑出我的船去。时光都在岸边捱延消磨了——不堪的我呵！

春天把花开过就告别了。如今落红遍地，我却等待而又流连。

潮声渐喧，河岸的荫滩上黄叶飘落。

你凝望着的是何等的空虚！你不觉得有一阵惊喜和对岸遥远的歌声从天空中一同飘来吗？

22

在七月淫雨的浓阴中，你用秘密的脚步行走，夜一般的轻悄，躲过一切的守望的人。

今天，清晨闭上眼，不理连连呼喊的狂啸的东风，一张厚厚的纱幕遮住永远清醒的碧空。

林野住了歌声，家家闭户。在这冷寂的街上，你是孤独的行人。呵，我唯一的朋友，我最爱的人，我的家门是开着的——不要梦一般地走过罢。

23

在这暴风雨的夜晚你还在外面做爱的旅行吗，我的朋友？天空像失望者在哀号。

我今夜无眠。我不断地开门向黑暗中瞭望，我的朋友！

我什么都看不见。我不知道你要走哪一条路！

是从墨黑的河岸上，是从远远的愁惨的树林边，是穿过昏暗迂回的曲径，你摸索着来到我这里吗，我的朋友？

24

假如一天已经过去了，鸟儿也不歌唱，假如风也吹倦了，那就用黑暗的厚幕把我盖上罢，如同你在黄昏时节用睡眠的衾被裹上大地，又轻柔地将睡莲的花瓣合上。

旅客的行程未达，粮袋已空，衣裳破裂污损，而又筋疲力尽，你解除了他的羞涩与困穷，使他的生命像花朵一样在仁慈的夜幕下苏醒。

情境赏析

在这五首诗里，我们所看到的是诗人与大自然的“神圣的交往之情”正如诗中所描绘的那样，大自然是美丽的，然而也是多变的，大自然时时影响着诗人的情绪：在莲花开放的日子，他的心魂飘荡，感觉迷茫，在落红遍地的时节，他感到时而空虚，时而惊喜；在七月清晨的淫雨中，他感到冷寂和孤独；在暴风雨的夜晚，他感到了失望和悲愁。在复杂的情绪交换中，诗人始终以孜孜不倦的追求来平衡心的天平，始终以爱来填补心的虚空。在泰戈尔看来，人生如同一次旅行，是要付出艰辛的代价的。旅途中，旅人会因缺乏食物而筋疲力尽，那么什么是给人以力量的食品呢？是爱，是人生的追求，这是精神的食粮，是人生之旅中不可或缺的东西。

25

在这困倦的夜里，让我帖服地把自己交给睡眠，把信赖托付给你。让我不去勉强我的萎靡的精神，来准备一个对你敷衍的礼拜。

是你拉上夜幕盖上白日的倦眼，使这眼神在醒觉的清新喜悦中，更新了起来。

26

他来坐在我的身边，而我没有醒起。多么可恨的睡眠，唉，不幸的我呵！

他在静夜中来到；手里拿着琴，我的梦魂和他的音乐起了共鸣。

唉，为什么每夜就这样虚度了？呵，他的气息接触了我的睡眠，为什么我总看不见他的面？

28

罗网是坚韧的，但是要撕破它的时候我又心痛。

我只要自由，为希望自由我却觉得羞愧。

我确知那无价之宝是在你那里，而且你是我最好的朋友，但我却舍不得清除我满屋的俗物。

我身上披的是尘灰与死亡之衣；我恨它，却又热爱地把它抱紧。

我的负债很多，我的失败很大，我的耻辱秘密而又深重；但当我来求福的时候，我又战栗，唯恐我的祈求得了允诺。

29

被我用我的名字囚禁起来的那个人，在监牢中哭泣。我每天不停地筑着围墙；当这道围墙高起接天的时候，我的真我便被高墙的黑影遮断不见了。

我以这道高墙自豪，我用沙土把它抹严，唯恐在这名字上还留着一丝罅隙；我煞费了苦心，我也看不见了真我。

30

我独自去赴幽会。是谁在暗寂中跟着我呢？

我走开躲他，但是我逃不掉。

他昂首阔步，使地上尘土飞扬；我说出的每一个字里，都掺杂着他的喊叫。

他就是我的小我，我的主，他恬不知耻；但和他一同到你门前，我却感到羞愧。

31

“囚人，告诉我，谁把你捆起来的？”

“是我的主人，”囚人说，“我以为我的财富与权力胜过世界上一切的人，我把我的国王的钱财聚敛在自己的宝库里。我昏困不过，睡在我主的床上，一觉醒来，我发现我在自己的宝库里做了囚人。”

“囚人，告诉我，是谁铸的这条坚牢的锁链?”

“是我，”囚人说，“是我自己用心铸造的。我以为我的无敌的权力会征服世界，使我有无碍的自由。我日夜用烈火重锤打造了这条铁链。等到工作完成，铁链坚牢完善，我发现这铁链把我捆住了。”

38

我需要你，只需要你——让我的心不停地重述这句话。日夜引诱我的种种欲念，都是透顶的诈伪与空虚。

就像黑夜隐藏在祈求光明的朦胧里，在我潜意识的深处也响出呼声——我需要你，只需要你。

正如风暴用全力来冲击平静，却寻求终止于平静，我的反抗冲击着你的爱，而它的呼声也还是——我需要你，只需要你。

39

在我的心坚硬焦躁的时候，请洒我以慈霖。

当生命失去恩宠的时候，请赐我以欢歌。

当繁杂的工作在四围喧闹，使我和外界隔绝的时候，我的宁静的主，请带着你的和平与安息来临。

当我乞丐似的心，蹲闭在屋角的时候，我的国王，请你以王者的威仪破户而入。

当欲念以诱惑与尘埃来迷蒙我的心眼的时候，呵，圣者，你是清醒的，请你和你的雷电一同降临。

33

白天的时候，他们来到我的房子里说，“我们只占用最小的一间屋子。”

他们说，“我们要帮忙你礼拜你的上帝，而且只谦恭地领受我们应得的一份恩典”；他们就在屋角安静谦柔地坐下。

但是在黑夜里，我发现他们强暴地冲进我的圣堂，贪婪地攫取了神坛上的祭品。

35

在那里，心是无畏的，头也抬得高昂；
在那里，知识是自由的；
在那里，世界还没有被狭小的家国的墙隔成片段；
在那里，话是从真理的深处说出；
在那里，不懈的努力向着“完美”伸臂；
在那里，理智的清泉没有沉没在积习的荒漠之中；
在那里，心灵是受你的指引，走向那不断放宽的思想与行为——
进入那自由的天国，我的父呵，让我的国家觉醒起来罢。

情境赏析

《吉檀迦利》的第33首诗中，泰戈尔以艺术的语言回顾了自己国家和民族沦陷的历史，又以艺术的语言谴责了英国殖民主义者，揭露了他们的伪善。诗人没有说他们是强盗，但他们的行径表明他们就是强盗；诗人没有使用过激的字眼，但憎恶之情溢于言表。我们在前面说过，《吉檀迦利》是一篇优美的诗章，诗人在这个集子里更多地歌颂了崇高的爱，而没有提到仇恨，这并不表示诗人的情感贫乏，而是诗人具有高深的修养，他不喜欢仇恨，不喜欢一切邪恶的情感。但诗人是是非分明的，因而也是爱憎分明的。

在第35首诗中，泰戈尔描绘出一个完美的理想国，也可以说，这是他对自己祖国未来前景的期盼。诗的最后一句，诗人唱出了自己内心最深切的痛楚，他迫切希望印度民族觉醒起来。他祈求神使印度民族觉醒，让人民昂起头，呼吸自由清新的空气，让理智、真理、正义和知识取代迷信、虚伪、狭隘和愚昧。这是诗人心目中的理想国，是基于现实而又超越现实的理想追求。

40

在我干枯的心上，好多天没有受到雨水的滋润了，我的上帝。天边是可怕的赤裸——没有一片轻云的遮盖，没有一丝远雨的凉意。

如果你愿意，请降下你的死黑的盛怒的风雨，以闪电震慑诸天罢。

但是请你召回，我的主，召回这弥漫沉默的炎热罢，它是沉重尖锐而又残忍，用可怕的绝望焚灼人心。

让慈云低垂下降，像在父亲发怒的时候，母亲的含泪的眼光。

41

我的情人，你站在大家背后，藏在何处的阴影中呢？在尘土飞扬的道上，他们把你推开走过，没有理睬你。在乏倦的时间，我摆开礼品来等候你，过路的人把我的香花一朵一朵地拿去，我的花篮几乎空了。

清晨，中午都过去了。暮色中，我倦眼蒙眬。回家的人们瞟着我微笑，使我满心羞惭。我像女丐一般地坐着，拉起裙儿盖上脸，当他们问我要什么的时候，我垂目没有答应。

呵，真的，我怎能告诉他们说我是在等候你，而且你也应许说你一定会来。我又怎能抱愧地说我的妆奁就是贫穷。呵，我在我心的微隐处紧抱着这一段骄荣。

我坐在草地上凝望天空，梦想着你来临时候那忽然炫耀的豪华——万彩交辉，车辇上金旗飞扬，在道旁众目睽睽之下，你从车座下降，把我从尘埃中扶起坐在你的旁边，这褴褛的丐女，含羞带喜，像蔓藤在暑风中颤摇。

但是时间流过了，还听不见你的车辇的轮声。许多仪仗队伍都在光彩喧阗中走过了。你只要静默地站在他们背后吗？我只能哭泣着等待，把我的心折磨在空虚的伫望之中吗？

42

在清晓的密语中，我们约定了同去泛舟，世界上没有一个人知道我们这无目的无终止的遨游。

在无边的海洋上，在你静听的微笑中，我的歌唱抑扬成调，像海波一般的自由，不受字句的束缚。

时间还没有到吗？你还有工作要做吗？看罢，暮色已经笼罩海岸，苍茫里海鸟已群飞归巢。

谁知道什么时候可以解开链索，这只船会像落日的余光，消融在黑夜之中呢？

43

那天我没有准备好来等候你，我的国王，你就像一个素不相识的平凡的人，自动地进到我的心里，在我生命的许多流逝的时光中，盖上了永生的印记。

今天我偶然照见了你的签印，我发现它们和我遗忘了的日常哀乐的回忆，杂乱地散掷在尘埃里。

你不曾鄙夷地避开我童年时代在尘土中的游戏，我在游戏室里所听见的足音，和在群星中的回响是相同的。

44

阴晴不定，夏至雨来的时节，在路旁等候瞭望，是我的快乐。

从不可知的天空带信来的使者们，向我致意又向前赶路。我衷心欢畅，吹过的风带着清香。

从早到晚我在门前坐地，我知道我一看见你，那快乐的时光便要突然来到。

这时我自歌自笑。这时空气里也充满着应许的芬芳。

45

你没有听见他静悄的脚步吗？他正在走来，走来，一直不停地走来。

每一个时间，每一个年代，每日每夜，他总在走来，走来，一直不停地走来。

在许多不同的心情里，我唱过许多歌曲，但在这些歌调里，我总在宣告说，“他正在走来，走来，一直不停地走来。”

四月芬芳的晴天里，他从林径中走来，走来，一直不停地走来。

七月阴暗的雨夜中，他坐着隆隆的云辇，前来，前来，一直不停在前来。

愁闷相继之中，是他的脚步踏在我的心上，是他的双脚的黄金般的接触，使我的快乐发出光辉。

46

我不知道从久远的什么时候，你就一直走近来迎接我。

你的太阳和星辰永不能把你藏起使我看不见你。

在许多清晨和傍晚，我曾听见你的足音，你的使者曾秘密地到我心里来召唤。

我不知道为什么今天我的生活完全激动了，一种狂欢的感觉穿过了我的心。

这就像结束工作的时间已到，我感觉到在空气中有你光降的微馨。

47

夜已将尽，等他又落了空。我怕在清晨我正在倦睡的时候，他忽然来到我的门前。呵，朋友们，给他开着门罢——不要拦阻他。

若是他的脚步声没有把我惊醒，请不要叫醒我。我不愿意小鸟嘈杂的合唱，和庆祝晨光的狂欢的风声，把我从睡梦中吵醒。即使我的主突然来到我的门前，也让我无扰地睡着。

呵，我的睡眠，宝贵的睡眠，只等着他的触摸来消散。呵，我的合着的眼，只在他微笑的光中才开睫，当他像从洞黑的睡眠里浮现的梦一般地站立在我面前。

让他作为最初的光明和形象，来呈现在我的眼前。让他的眼光成为我觉醒的灵魂最初的欢跃。

让我自我的返回成为向他立地的皈依。

48

清晨的静海，漾起鸟语的微波；路旁的繁华，争妍斗艳；在我们匆忙赶路无心理睬的时候，云隙中散射出灿烂的金光。

我们不唱欢歌，也不嬉游；我们也不到村集上去交易；我们一语不发，也不微笑；我们不在路上流连。时间流逝，我们也加速了脚步。

太阳升到中天，鸽子在凉阴中叫唤。枯叶在正午的炎风中飞舞。牧童在榕树下做他的倦梦，我在水边卧下，在草地上展布我困乏的四肢。

我的同伴们嘲笑我；他们抬头疾走；他们不回顾也不休息；他们消失在远远的碧霭之中。他们穿过许多山林，经过生疏遥远的地方。长途上的英雄队伍呵，光荣是属于你们的！讥笑和责备要促我起立，但我却没有反应。我甘心没落在乐于接受的耻辱的深处——在模糊的快乐阴影之中。

阳光织成的绿阴的幽静，慢慢在笼罩着我的心。我忘记了旅行的目的，我无抵抗地把我的心灵交给阴影与歌曲的迷宫。

最后，我从沉睡中睁开眼，我看见你站在我身旁，我的睡眠沐浴在你的微笑之中。我从前是如何地惧怕，怕这道路的遥远困难，到你面前的努力是多么艰苦呵！

49

你从宝座上下来，站在我草舍门前。

我正在屋角独唱，歌声被你听到了。你下来站在我草舍门前。

在你的广厅里有许多名家，一天到晚都有歌曲在唱。但是这初学的简单的音乐，却得到了你的赏识。一支忧郁的小调，和世界的伟大音乐融合了，你还带了花朵作为奖赏，下了宝座停留在我的草舍门前。

50

我在村路上沿门求乞的时候，你的金辇像一个华丽的梦从远处出现，我在猜想这位万王之王是谁！

我的希望高升，我觉得我苦难的日子将要告终，我站着等候你自动的施与，等待那散掷在尘埃里的财宝。

车辇在我站立的地方停住了。你看到我，微笑着下车。我觉得我的运气到底来了。忽然你伸出右手来说："你有什么给我呢？"

呵，这开的是什么样的帝王的玩笑，向一个乞丐伸手求乞！我糊涂了，犹疑地站着，然后从我的口袋里慢慢地拿出一粒最小的玉米献上给你。

但是我一惊不小，当我在晚上把口袋倒在地上的时候，在我乞讨来的粗劣东西之中，我发现了一粒金子，我痛哭了，恨我没有慷慨地将我所有都献给你。

51

夜深了。我们一天的工作都已做完。我们以为投宿的客人都已来到。村里家家都已闭户了。只有几个人说，国王是要来的。我们笑了说："不会的，这是不可能的事！"

仿佛门上有敲叩的声音，我们说那不过是风。我们熄灯就寝。只有几个人说："这是使者！"我们笑了说："不是，这一定是风！"

在死沉沉的夜里传来一个声音。蒙眬中我们以为是远远的雷响。墙摇地动，我们在睡眠里受了惊扰。只有几个人说"这是车轮的声音"。我们昏困地嘟哝着说："不是，这一定是雷响！"

鼓声响起的时候天还没亮。有声音喊着说："醒来罢！别耽误了！"我们拿手按住心口，吓得发抖。只有几个人说："看哪，这是国王的旗子！"我们爬起来站着叫："没有时间再耽误了！"

国王已经来了——但是灯火在哪里呢？花环在哪里呢？给他预备的宝座在哪里呢？呵，丢脸，呵，太丢脸了！客厅在哪里，陈设又在哪里呢？有几个人说了："叫也无用了！用空手来迎接他罢，带他到你的空房里去罢！"

开起门来，吹起法螺罢！在深夜中国王降临到我黑暗凄凉的房子里了。空中雷声怒吼。黑暗和闪电一同颤抖。拿出你的破席铺在院子里罢。我们的国王在可怖之夜与暴风雨一同突然来到了。

52

我想我应当向你请求——可是我又不敢——你那挂在颈上的玫瑰花环。这样我等到早上，想在你离开的时候，从你床上找到些碎片。我像乞丐一样破晓就来寻找，只为着一两片散落的花瓣。

呵，我呵，我找到了什么呢？你留下了什么爱的标记呢？那不是花朵，不是香料，也不是一瓶香水。那是你的一把巨剑，火焰般放光，雷霆般沉重。清晨的微光从窗外射到床上。晨鸟喊喊喳喳着问："女人，你得到了什么呢？"不，这不是花朵，不是香料，也不是一瓶香水——这是你的可畏的宝剑。

我坐着猜想，你这是什么礼物呢？我没有地方去藏放它。我不好意思佩带它，我是这样的柔弱，当我抱它在怀里的时候，它就把我压痛了。但是我要把这光宠铭记在心，你的礼物，这痛苦的负担。

从今起在这世界上我将没有畏惧，在我的一切奋斗中你将得到胜利。你留下死亡和我做伴，我将以我的生命给他加冕。我带着你的宝剑来斩断我的羁勒，在世界上我将没有畏惧。

从今起我要抛弃一切琐碎的装饰。我心灵的主，我不再在一隅等待哭泣，也不再畏怯娇羞。你已把你的宝剑给我佩戴。我不再要玩偶的装饰品了！

情境赏析

虽然泰戈尔从来不是吟风弄月的诗人，但他的风格向来是比较含蓄委婉的。与急风暴雨相比，他更喜欢风平浪静；与山呼海啸相比，他更喜欢鸟鸣溪唱；与利剑相比，他更喜欢花环。然而，现在他怒不可遏了。祖国在召唤，恒河在咆哮，他有一种尽弃故我的感觉，他为这种感觉而惶惑，也为这种感觉而振奋。他本来向自己的神乞求花环，如今却得到一把利剑。他先是感到惊奇，继而有点怀疑，感到不知所措，"没有地方去藏放它""不好意思佩带它"，而且感受到沉重的压力和痛苦的负担。但他还是响应了神的旨意，收下了这件礼物。决定用它斩断自己的怯懦和忧虑，并且带上它去冲锋陷阵，"在世界上我将没有畏惧"。就是在这种精神的鼓舞下，泰戈尔投身于如火如荼的以反分割为主题的民族运动，成了运动的旗手。

53

你的手镯真是美丽，镶着星辰，精巧地嵌着五光十色的珠宝。但是依我看来你的宝剑是更美的，那弯弯的闪光像毗湿奴的神鸟展开的翅翼，完美地平悬在落日怒发的红光里。

它颤抖着像生命受死亡的最后一击时，在痛苦的昏迷中的最后反应；它炫耀着像将烬的世情的纯焰，最后猛烈的一闪。

你的手镯真是美丽，镶着星辰般的珠宝；但是你的宝剑，呵，雷霆的主，是铸得绝顶美丽，看到想到都是可畏的。

54

我不向你求什么；我不向你耳中陈述我的名字。当你离开的时候我静默地站着。我独立在树影横斜的井旁，女人们已顶着褐色的瓦罐盛满了水回家了。她们叫我说“和我们一块来罢，都快到了中午了”。但我仍在慵倦地流连，沉入恍惚的默想之中。

你走来时我没有听到你的足音。你含愁的眼望着我，你低语的时候声音是倦乏的——“呵，我是一个干渴的旅客”。我从幻梦中惊起把我罐里的水倒在你掬着的手掌里。树叶在头上萧萧地响着；杜鹃在幽暗处歌唱，曲径里传来胶树的花香。

当你问到我的名字的时候，我羞得悄立无言。真的，我替你做了什么，值得你的忆念？但是我幸能给你饮水止渴的这段回忆，将温馨地贴抱在我的心上。天已不早，鸟儿唱着倦歌，楝树叶子在头上沙沙作响，我坐着反复地想了又想。

55

乏倦压在你的心上，你眼中尚有睡意。

你没有得到消息说荆棘丛中花朵正在盛开吗？醒来罢，呵，醒来！不要让光阴虚度了！

在石径的尽头，在幽静无人的田野里，我的朋友在独坐着。不要欺骗他罢。醒来，呵，醒来罢！

即使正午的骄阳使天空喘息摇颤——即使灼热的沙地展布开它干渴的巾衣——

在你心的深处难道没有快乐吗？你的每一个足音，不会使道路的琴弦迸出痛苦的柔音吗？

56

只因你的快乐是这样充满了我的心。只因你曾这样俯就我。呵，你这诸天之主，假如没有我，你还爱谁呢？

你使我做了你这一切财富的共享者。在我心里你的欢乐不住地遨游。在我生命中你的意志永远实现。

因此，你这万王之王曾把自己修饰了来赢取我的心。因此你的爱也消融在你情人的爱里，在那里，你又以我俩完全合一的形象显现。

57

光明，我的光明，充满世界的光明，吻着眼目的光明，甜沁心腹的光明！

呵，我的宝贝，光明在我生命的一角跳舞；我的宝贝，光明在勾拨我爱的心弦；天开了，大风狂奔，笑声响彻大地。

蝴蝶在光明海上展开翅帆。百合与茉莉在光波的浪花上翻涌。

我的宝贝，光明在每朵云彩上散映成金，它撒下无量的珠宝。

我的宝贝，快乐在树叶间伸展，欢喜无边。天河的堤岸淹没了，欢乐的洪水在四散奔流。

58

让一切欢乐的歌调都融合在我最后的歌中——那使大地草海欢呼摇动的快乐，那使生和死两个孪生弟兄，在广大的世界上跳舞的快乐，那和暴风雨一同卷来，用笑声震撼惊醒一切的生命和快乐，那含泪默坐在盛开的痛苦的红莲上的快乐，那不知所谓，把一切所有抛掷于尘埃中的快乐。

59

是的，我知道，这只是你的爱，呵，我心爱的人——这在树叶上跳舞的金光，这些驶过天空的闲云，这使我头额清爽的吹过的凉风。

清晨的光辉涌进我的眼睛——这是你传给我心的消息。你的脸容下俯，你的眼睛下望着我的眼睛，我的心接触到了你的双足。

60

孩子们在无边的世界的海滨聚会。头上是静止的无垠的天空，不宁的海波奔腾喧闹。在无边的世界的海滨，孩子们欢呼跳跃地聚会着。

他们用沙子盖起房屋，用空贝壳来游戏。他们把枯叶编成小船，微笑着把它们漂浮在深远的海上。孩子在世界的海滨做着游戏。

他们不会凫水，他们也不会撒网。采珠的人潜水寻珠，商人们奔波航行，孩子们收集了石子却又把它们丢弃了。他们不搜求宝藏，他们也不会撒网。

大海涌起了喧笑，海岸闪烁着苍白的微笑。致人死命的波涛，像一个母亲在摇着婴儿的摇篮一样，对孩子们唱着无意义的歌谣。大海在同孩子们游戏，海岸闪烁着苍白的微笑。

孩子们在无边的世界的海滨聚会。风暴在无路的天空中飘游，船舶在无轨的海上破碎，死亡在猖狂，孩子们却在游戏。在无边的世界的海滨，孩子们盛大地聚会着。

情境赏析

这虽是一首泰戈尔的儿童诗，却是写给成人看的，表现了不同于成人世界的儿童世界和童心之美的诗。这似乎与神无关，然而诗人既然将其收入《吉檀迦利》，就说明该诗与神是有关的，尽管“我”没有在场，但“神”是在场的。

61

这掠过婴儿眼上的睡眠——有谁知道它是从哪里来的吗？是的，有谣传说它住在林荫中，萤火朦胧照着的仙村里，那里挂着两颗甜柔迷人的花蕊。它从那里来吻着婴儿的眼睛。

在婴儿睡梦中唇上闪现的微笑——有谁知道它是从哪里生出来的吗？是的，有谣传说一线新月的微光，触到了消散的秋云的边缘，微笑就在被朝雾洗净的晨梦中，第一次生出来了——这就是那婴儿睡梦中唇上闪现的微笑。

在婴儿的四肢上，花朵般喷发的甜柔清新的生气，有谁知道它是在哪里藏了这么许久吗？是的，当母亲还是一个少女，它就在温柔安静的爱的神秘中，充塞在她的心里了——这就是那婴儿四肢上喷发的甜柔新鲜的生气。

62

当我送你彩色玩具的时候，我的孩子，我了解为什么云中水上会幻弄出这许多颜色，为什么花朵都用颜色染起——当我送你彩色玩具的时候，我的孩子。

当我唱歌使你跳舞的时候，我彻底地知道为什么树叶上响出音乐，为什么波浪把它们的合唱送进静听的大地的心头——当我唱歌使你跳舞的时候。

当我把糖果递到你贪婪的手中的时候，我懂得为什么花心里有蜜，为什么水果里隐藏着甜汁——当我把糖果递到你贪婪的手中的时候。

当我吻你的脸使你微笑的时候，我的宝贝，我的确了解晨光从天空流下时是怎样的高兴，暑天的凉风吹到我身上时是怎样的愉快——当我吻你的脸使你微笑的时候。

63

你使不相识的朋友认识了我。你在别人家里给我准备了座位。你缩短了距离，你把生人变成弟兄。

在我必须离开故居的时候，我心里不安；我忘了是旧人迁入新居，而且你也住在那里。

通过生和死，今生或来世，无论你带领我到哪里，都是你，仍是你，我的无穷生命中的唯一伴侣，永远用欢乐的系链，把我的心和陌生的人联系在一起。

人一认识了你，世上就没有陌生的人，也没有了紧闭的门户。呵，请允许我的祈求，使我在与众生游戏之中，永不失去和你单独接触的福祉。

64

在荒凉的河岸上，深草丛中，我问她，“姑娘，你用披纱遮着灯，要到哪里去呢？我的房子黑暗寂寞，——把你的灯借给我罢。”她抬起乌黑的眼睛，从暮色中看了我一会儿。“我到河边来，”她说，“要在太阳西下的时候，把我的灯漂浮到水上去。”我独立在深草中看着她的灯的微弱的火光，无用地在潮水上漂流。

在薄暮的寂静中，我问她，“你的灯火都已点上了——那么你拿着这灯到哪里去呢？我的房子黑暗寂寞，——把你的灯借给我吧。”她抬起乌黑的眼睛望着我的脸，站着沉吟了一会儿。最后她说，“我来是要把我的灯献给上天。”我站着看她的灯光在天空中无用地燃点着。

在无月的夜半朦胧之中，我问她，“姑娘，你做什么把灯抱在心前呢？我的房子黑暗寂寞，——把你的灯借给我吧。”她站住沉思了一会儿，在黑暗中注视着我的脸。她说，“我是带着我的灯，来参加灯节的。”我站着看着她的灯，无用地消失在众光之中。

66

那在神光离合之中，潜藏在我生命深处的她；那在晨光中永远不肯揭开面纱的她，我的上帝，我要用最后的一首歌把她包裹起来，作为我给你的最后的献礼。

无数求爱的话，都已说过，但还没有赢得她的心；劝诱向她伸出渴望的臂，也是枉然。

我把她深藏在心里，到处漫游，我生命的荣枯围绕着她起落。

她统治着我的思想，行动和睡梦，她却自己独居索处。

许多的人叩我的门来访问她，都失望地回去。

在这世界上从没有人和她面对过，她在孤守着静待你的赏识。

67

你是天空，你也是窝巢。

呵，美丽的你，在窝巢里就是你的爱，用颜色、声音和香气来围拥住灵魂。

在那里，清晨来了，右手提着金筐，带着美的花环，静静地替大地加冕。

在那里，黄昏来了，越过无人畜牧的荒林，穿过车马绝迹的小径，在她的金瓶里带着安静的西方海上和平的凉飙。

但是在那里，纯白的光辉，统治着伸展着的为灵魂翱翔的无际的天空。在那里无昼无夜，无形无色，而且永远，永远无有言说。

68

你的阳光射到我的地上，整天地伸臂站在我门前，把我的眼泪、叹息和歌曲变成的云彩，带回放在你的足边。

你喜爱地将这云带缠围在你的心胸之上，绕成无数的形式和褶纹，还染上变幻无穷的色彩。

它是那样轻柔，那样飘扬，温软，含泪而黯淡，因此你就爱惜它，呵，你这庄严无瑕者。这就是为什么它能够以它可怜的阴影遮掩你的可畏的白光。

37

我以为我的精力已竭，旅程已终——前路已绝，储粮已尽，退隐在静默鸿蒙中的时间已经到来。

但是我发现你的意志在我身上不知有终点。旧的言语刚在舌尖上死去，新的音乐又从心上迸来；旧辙方迷，新的田野又在面前奇妙地展开。

69

就是这股生命的泉水，日夜流穿我的血管，也流穿过世界，又应节地跳舞。

就是这同一的生命，从大地的尘土里快乐地伸放出无数片的芳草，迸发出繁花密叶的波纹。

就是这同一的生命，在潮汐里摇动着生和死的大海的摇篮。

我觉得我的四肢因受着生命世界的爱抚而光荣。我的骄傲，是因为时代的脉搏，此刻在我血液中跳动。

70

这欢欣的音律不能使你欢欣吗？不能使你回旋激荡，消失碎裂在这可怖的快乐旋转之中吗？

万物急遽地前奔，它们不停留也不回顾，任何力量都不能挽住它们，它们急遽地前奔。

季候应和着这急速不宁的音乐，跳着舞来了又去——颜色、声音、香味在这充溢的快乐里，汇注成奔流无尽的瀑泉，时时刻刻地在散溅、退落而死亡。

情境赏析

在第 37 首诗中，泰戈尔认为人的一生如同一次旅行，有起点也有终点，有出生也有死亡，这仅仅是整个生命过程的一个小小的片断。而这个小小的片断也可以划分出若干更小的片断，也有新旧交替，也有新生和死亡。

生命是运动的，生命运动的过程是在时间中完成的。泰戈尔在《吉檀迦利》的第 69 首诗中把生命比喻为一股“泉水”，它不停地奔流，流遍了整个世界，而且还在“应节地跳舞”。意思是说，生命充满了宇宙，就像“神”弥漫着整个宇宙空间一样；生命的运动是有节奏的律动，是美好的、快乐的。

在第 70 首诗里，诗人由生命的运动说到宇宙万物的运动。古代的印度人认为，世界的运动就像是一只车轮在不停地旋转，宇宙间的一切事物也都像轮子一样旋转变化，时间是白天黑夜地不停转化，季节是春夏秋冬地

不停循环，生命也是在不停地轮回交替。泰戈尔的这首诗中虽然没有提到轮子，但却反映出了同样的思想。

71

我应当自己发扬光大，四周放射，投映彩影于你的光辉之中——这便是你的幻境。

你在你自身里立起隔栏，用无数不同的音调来呼唤你的分身。你这分身已在我体内形成。

高亢的歌声响彻诸天，在多彩的眼泪与微笑，震惊与希望中回应着；波起复落，梦破又圆。在我里面是你自身的破灭。

你卷起的那重帘幕，是用昼和夜的画笔，绘出了无数的花样。幕后的你的座位，是用奇妙神秘的曲线织成，抛弃了一切无聊的笔直的线条。

你我组成的伟丽的行列，布满了天空。因着你我的歌声，太空都在震颤，一切时代都在你我捉迷藏中度过了。

72

就是他，那最深奥的，用他深隐的触摸使我清醒。

就是他把神符放在我的眼上，又快乐地在我心弦上弹弄出种种哀乐的调子。

就是他用金、银、青、绿的灵幻的色丝，织起幻境的披纱，他的脚趾从衣褶中外露，在他的触摸之下，我忘却了自己。

日来年往，就是他永远以种种名字，种种姿态，种种的深悲和极乐，来打动我的心。

73

在断念屏欲之中，我不需要拯救。在万千欢愉的约束里我感到了自由的拥抱。

你不断地在我的瓦罐里满满地斟上不同颜色不同芬芳的新酒。

我的世界，将以你的火焰点上他的万盏不同的明灯，安放在你庙宇的坛前。

不，我永不会关上我感觉的门户。视、听、触的快乐会含带着你的快乐。

是的，我的一切幻想会燃烧成快乐的光明，我的一切愿望将结成爱的果实。

74

白日已过，暗影笼罩大地。是我到河边汲水的时候了。

晚空凭着水的凄音流露着切望。呵，它呼唤我到暮色中来。荒径上断绝人行，风起了，波浪在河里翻腾。

我不知道是否应该回家去。我不知道我会遇见什么人。浅滩的小舟上有个不相识的人正弹着琵琶。

76

过了一天又是一天，呵，我生命的主，我能够和你对面站立吗？呵，全世界的主，我能合掌和你对面站立吗？

在广阔的天空下，严静之中，我能够带着虔恭的心，和你对面站立吗？

在你的劳碌的世界里，喧腾着劳作和奋斗，在营营扰扰的人群中，我能和你对面站立吗？

当我已做完了今生的工作，呵，万王之王，我能够独自悄立在你的面前吗？

77

我知道你是我的上帝，却远立在一边——我不知道你是属我的，就走近你。我知道你是我的父亲，就在你脚前俯伏——我没有像和朋友握手那样地紧握你的手。

我没有在你降临的地方，站立等候，把你抱在胸前，当你做同道，把你占有。

你是我弟兄的弟兄，但是我不理他们，不把我赚得的和他们平分，我以为这样做，才能和你分享我的一切。

在快乐和苦痛里，我都没有站在人类的一边，我以为这样做，才能和你站在一起。

我畏缩着不肯舍生，因此我没有跳入生命的伟大的海洋里。

79

假如我今生无缘遇到你，就让我永远感到恨不相逢——让我念念不忘，让我在醒时梦中都怀带着这悲哀的苦痛。

当我的日子在世界的闹市中度过，我的双手满捧着每日的赢利的时候，让我永远觉得我是一无所获——让我念念不忘，让我在醒时梦中都怀带着这悲哀的苦痛。

当我坐在路边，疲乏喘息，当我在尘土中铺设卧具，让我永远记着前面还有悠悠的长路——让我念念不忘，让我在醒时梦中都怀带着这悲哀的苦痛。

当我的屋子装饰好了，箫笛吹起，欢笑声喧的时候，让我永远觉得我还没有请你光临——让我念念不忘，让我在醒时梦中都怀带着这悲哀的苦痛。

80

我像一片秋天的残云，无主地在空中飘荡，呵，我的永远光耀的太阳！你的触摸还没有蒸化了我的水汽，使我与你的光明合一，因此我计算着和你分离的悠长的年月。

假如这是你的愿望，假如这是你的游戏，就请把我这流逝的空虚染上颜色，镀上金辉，让它在狂风中飘浮，舒卷成种种的奇观。

而且假如你愿意在夜晚结束了这场游戏，我就在黑暗中，或在灿白晨光的微笑中，在净化的清凉中，融化消失。

82

你手里的光阴是无限的，我的主。你的分秒是无法计算的。

夜去明来，时代像花开花落。你晓得怎样来等待。

你的世纪，一个接着一个，来完成一朵小小的野花。

我们的光阴不能浪费，因为没有时间，我们必须争取机缘。我们太穷苦了，决不可迟到。

因此，在我把时间让给每一个性急的，向我索要时间的人，我的时间就虚度了，最后你的神坛上就没有一点儿祭品。

一天过去，我赶忙前来，怕你的门已经关闭；但是我发现时间还很充裕。

83

圣母呵，我要把我悲哀的眼泪穿成珠链，挂在你的颈上。

星星把光明做成足镯，来装扮你的双足，但是我的珠链要挂在你的胸前。

名利自你而来，也全凭你的予取。但这悲哀却完全是我自己的，当我把它当作祭品献给你的时候，你就以你的恩典来酬谢我。

85

当战士们从他们主公的明堂里刚走出来，他们的武力藏在哪里呢？他们的甲胄和干戈藏在哪里呢？

他们显得无助、可怜，当他们从他们主公的明堂走出的那一天，如雨的箭矢向着他们飞射。

当战士们整队走回他们主公的明堂里的时候，他们的武力藏在哪里呢？

他们放下了刀剑和弓矢；和平在他们的额上放光，当他们整队走回他们主公的明堂的那一天，他们把他们生命的果实留在后面了。

65

我的上帝，从我满溢的生命之杯中，你要饮什么样的圣酒呢？

通过我的眼睛，来观看你自己的创造物，站在我的耳门上，来静听你自己的永恒的谐音，我的诗人，这是你的快乐吗？

你的世界在我的心灵里织上字句，你的快乐又给它们加上音乐。你把自己在梦中交给了我，又通过我来感觉你自己的完满的甜柔。

75

你赐给我们世人的礼物，满足了我们一切的需要，可是它们又毫未减少地返回到你那里。

河水有它每天的工作，匆忙地穿过田野和村庄；但它的不绝的水流，又曲折地回来洗你的双脚。

花朵以芬芳熏香了空气；但它最终的任务，是把自己献给你。

对你贡献不会使世界困穷。

人们从诗人的字句里，选取自己心爱的意义；但是诗句的最终意义是指向着你。

78

当鸿蒙初辟，繁星第一次射出灿烂的光辉，众神在天上集会，唱着："呵，完美的画图，完全的快乐！"

有一位神忽然叫起来了——"光链里仿佛断了一环，一颗星星走失了。"

他们金琴的弦子猛然折断了，他们的歌声停止了，他们惊惶地叫着——"对了，那颗走失的星星是最美的，她是诸天的光荣！"

从那天起，他们不住地寻找她，众口相传地说，因为她丢了，世界失去了一种快乐。

只在严静的夜里，众星微笑着互相低语说——"寻找是无用的，无缺的完美正笼盖着一切！"

84

离愁弥漫世界，在无际的天空中生出无数的情景。

就是这离愁整夜地悄望星辰，在七月阴雨之中，萧萧的树籁变成抒情的诗歌。

就是这笼压弥漫的痛苦，加深而成为爱，欲，而成为人间的苦乐；就是它永远通过诗人的心灵，融化流涌而成为诗歌。

情境赏析

在第 65 首诗中，诗人表达了自己对艺术起源的看法。他把诗与音乐的产生说成是上帝的恩惠。他认为，是上帝创造了这五彩缤纷的世界，而上帝的世界又通过“我”的心灵“织”成了字句，上帝的快乐又给这些字句加上了音乐，这便是歌和曲的由来。如前所说，泰戈尔的“上帝”是宇宙的根本成因，也是宇宙的根本动因，是遍在的、万能的。他支配着宇宙间的一切，包括支配人的心灵。由于泰戈尔的世界观与我们的不同，所以他把不可言喻、不可知的上帝说成是艺术的最初本源，而客观世界和人的心灵则在其次。尽管如此，泰戈尔还是承认艺术是客观世界对心灵发生作用的结果。他诗中所说的“心灵”实际上指的就是情感。

在第 84 首诗里，泰戈尔没有提到上帝，而是直接说出了诗歌产生的原因。也就是说，由于人具有丰富的情感，所以当客观世界发生变化时，人的情感就要产生波动，诗歌便“流涌”而出。在这里，泰戈尔指出了两种感情波动，一种是自然界的变化所引起的感情波动，另一种是人间社会的变化所引起的感情波动。

在第 75 首诗中，他又强调了诗句中的“爱”，反映了他的以“爱”为基点，圆满和谐的美学思想。在泰戈尔看来，“爱”代表着真和善，有了真和善才有圆满和谐，而圆满和谐才是真正的完美，他认为“美即是真，真即是美”，真和美是不可分割的。至于善，他认为，善一方面可以满足人们的需要，具有实用的价值，另一方面它本身就是美的；善是美的完美的本质，美是善的完美的形象。真、善、美是可以统一于一体的。而“艺术的职责就是要建立起人类的真正世界——真理和美的活生生的世界”。（《人格》）

第 78 首诗像是在讲一个神话故事，但实际上反映的仍是诗人的美学思想，即他所理解的完美。他认为世界是完美无缺的，这正如“神”的完美无缺，失去了一颗星星并不影响它的完整。

87

在无望的希望中，我在房里的每一个角落找她；我找不到她。

我的房子很小，一旦丢了东西就永远找不回来。

但是你的房子是无边无际的，我的主，为着找她，我来到了你的门前。

我站在你薄暮金色的天穹下，向你抬起渴望的眼。

我来到了永恒的边涯，在这里万物不灭——无论是希望，是幸福，或是从泪眼中望见的人面。

呵，把我空虚的生活浸到这海洋里罢，跳进这最深的完满里罢。让我在宇宙的完整里，感觉一次那失去的温馨的接触罢。

88

破庙里的神呵！七弦琴的断线不再弹唱赞美你的诗歌。晚钟也不再宣告礼拜你的时间。你周围的空气是寂静的。

流荡的春风来到你荒凉的居所。它带来了香花的消息——就是那素来供养你的香花，现在却无人来呈献了。

你的礼拜者，那些漂泊的旅人，永远在企望那还未得到的恩典。黄昏来到，灯光明灭于尘影之中，他困乏地带着饥饿的心回到这破庙里来。

许多佳节都在静默中来到，破庙的神呵。许多礼拜之夜，也在无火无灯中度过了。

精巧的艺术家，造了许多新的神像，当他们的末日来到了，便被抛入遗忘的圣河里。

只有破庙的神遗留在无人礼拜的、不死的冷淡之中。

89

我不再高谈阔论了——这是我主的意旨。从那时起我轻声细语。我心里的话要用歌曲低唱出来。

人们急急忙忙地到国王的市场上去，买卖的人都在那里。但在工作正忙的正午，我就早早地离开。

那就让花朵在我的园中开放，虽然花时未到；让蜜蜂在中午奏起他们慵懒的嗡哼。

我曾把充分的时间，用在理欲交战里，但如今是我暇日游侣的雅兴，把我的心拉到他那里去；我也不知道这忽然的召唤，会引到什么突出的奇景。

90

当死神来叩你门的时候，你将以什么贡献他呢？

呵，我要在我客人面前，摆上我的满斟的生命之杯——我决不让他空手回去。

我一切的秋日和夏夜和丰美的收获，我匆促的生命中的一切获得和收藏，在我临终，死神来叩我的门的时候，我都要摆在他的面前。

86

死亡，你的仆人，来到我的门前。他渡过不可知的海洋临到我家，来传达你的召令。

夜色沉黑，我心中畏惧——但是我要端起灯来，开起门来，鞠躬欢迎他。因为站在我门前的是你的使者。

我要含泪地合掌礼拜他。我要把我心中的财产，放在他脚前，来礼拜他。

他的使命完成了就要回去，在我的晨光中留下了阴影；在我萧条的家里，只剩下孤独的我，作为最后献你的祭品。

91

呵，你这生命最后的完成，死亡，我的死亡，来对我低语罢！

我天天地在守望着你；为你，我忍受着生命中的苦乐。

我的一切存在，一切所有，一切希望，和一切的爱，总在深深的秘密中向你奔流。你的眼睛向我最后一盼，我的生命就永远是你的。

花环已为新郎编好。婚礼行过，新娘就要离家，在静夜里和她的主人独对了。

情境赏析

首先，泰戈尔认为死亡是“神”的意志，虽然是令人畏惧和悲哀的，但又是不可抗拒的。在第86首诗中，他把死神说成是听命于上帝的仆人和使者，是从上帝的不可知处来临的。死亡意味着生命的结束，意味着丧失一切，再加上人有求生的欲望，因而对死亡感到恐惧和悲哀完全是人之常情。泰戈尔在这里表达的是普通人的情感。

其次，泰戈尔认为死亡并不是生命的真正结束，而是生命的继续，是生命的归宿，是灵魂去和“神”结合，因此，热爱今生，也就热爱死亡。在第91首诗里，泰戈尔用了一个巧妙的比喻：他把死亡比喻为一次新婚，比喻成新娘出嫁，以新娘与新郎的结合比喻个体灵魂与最高灵魂的结合。

人类一直在探索着人生的秘密，思考着生和死的问题，泰戈尔以诗歌的形式、艺术的手法表达了自己对这一深奥玄妙的人生哲理的思考。

92

我知道这日子将要来到，当我眼中的人世渐渐消失，生命默默地向我道别，把最后的帘幕拉过我的眼前。

但是星辰将在夜中守望，晨曦仍旧升起，时间像海波的汹涌，激荡着欢乐与哀伤。

当我想到我的时间的终点，时间的隔栏便破裂了，在死的光明中，我看见了你的世界和这世界里弃置的珍宝。最低的座位是极其珍奇的，最小的生物也是世间少有的。

我追求而未得到和我已经得到的东西——让它们过去罢。只让我真正地具有了那些我所轻视和忽略的东西。

93

我已经请了假。弟兄们，祝我一路平安罢！我向你们大家鞠了躬就起程了。

我把我门上的钥匙交还——我把房子的所有权都放弃了。我只请求你们最后的几句好话。

我们做过很久的邻居，但是我接受的多，给予的少。现在天已破晓，我黑暗屋角的灯光已灭。召命已来，我就准备启行了。

94

在我动身的时光，祝我一路福星罢，我的朋友们！天空里晨光辉煌，我的前途是美丽的。

不要问我带些什么到那边去。我只带着空空的手和企望的心。

我要戴上我婚礼的花冠。我穿的不是红褐色的行装，虽然间关险阻，我心里也没有惧怕。

旅途尽处，晚星将生，从王宫的门口将弹出黄昏的凄乐。

95

当我刚跨过此生的门槛的时候，我并没有发觉。

是什么力量使我在这无边的神秘中开放，像一朵嫩蕊，中夜在森林里开花！

早起我看到光明，我立时觉得在这世界里我不是一个生人，那不可思议、不可名状的，已以我自己母亲的形象，把我抱在怀里。

就是这样，在死亡里，这同一的不可知者又要以我熟识的面目出现。因为我爱今生，我知道我也会一样爱死亡。

当母亲从婴儿口中拿开右乳的时候，他就啼哭，但他立刻又从左乳得到了安慰。

情境赏析

泰戈尔认为，生，是在上帝的抚育和庇护之中，犹如婴儿在母亲的怀抱；死，也是在上帝仁慈的爱抚下，犹如婴儿从母亲的另一只乳房得到安慰。生和死都不是人自己选择的，在“跨过此生的门槛的时候”，人并不知道为什么而生，由什么而生。同样当跨过死的门槛的时候，人“这同一的

不可知者又要以我熟识的面目出现”。这里，诗人用意象转换手法，又给神赋予了母亲的形象，然后诗人道出了自己热爱和歌颂死亡的奥秘：“因为我爱今生，我知道我也会一样爱死亡。”

96

当我走的时候，让这个做我的别话罢，就是说我所看过的是卓绝无比的。

我曾尝过在光明海上开放的莲花里的隐秘，因此我受了祝福——让这个做我的别话罢。

在这形象万千的游戏室里，我已经游玩过，在这里我已经瞥见了那无形象的他。

我浑身上下因着那无从接触的他的抚摩而喜颤；假如死亡在这里来临，就让它来好了——让这个做我的别话罢。

97

当我同你做游戏的时候，我从来没有问过你是谁。我不懂得羞怯和惧怕，我的生活是热闹的。

清晨你就来把我唤醒，像我自己的伙伴一样，带着我跑过林野。

那些日子，我从来不想去了解你对我唱的歌曲的意义。我只随声附和，我的心应节跳舞。

现在，游戏的时光已过，这突然来到我眼前的情景是什么呢？世界低下眼来看着你的双脚，和它的肃静的众星一同敬畏地站着。

98

我要以胜利品，我的失败的花环，来装饰你。逃避不受征服，是我永远做不到的。

我准知道我的骄傲会碰壁，我的生命将因着极端的痛苦而炸裂，我的空虚的心将像一支空苇呜咽出哀音，顽石也融成眼泪。

我准知道莲花的百瓣不会永远闭合，深藏的花蜜定将显露。

从碧空将有一只眼睛向我凝视，在默默地召唤我。我将空无所有，绝对的空无所有，我将从你脚下领受绝对的死亡。

99

当我放下舵盘，我知道你来接收的时候到了。当做的事立刻要做了。挣扎是无用的。

那就把手拿开，静默地承认失败罢，我的心呵，要想到能在你的岗位上默坐，还算是幸运的。

我的几盏灯都被一阵阵微风吹灭了，为想把它们重新点起，我屡屡地把其他的事情都忘却了。

这次我要聪明一点儿，把我的席子铺在地上，在暗中等候；什么时候你高兴，我的主，悄悄地走来坐下罢。

100

我跳进形象海洋的深处，希望能得到那无形象的完美的珍珠。

我不再以我的旧船去走遍海港，我乐于弄潮的日子早已过去了。

现在我渴望死于不死之中。

我要拿起我的生命的弦琴，进入无底深渊旁边，那座涌出无调的乐音的广厅。

我要调拨我的琴弦，和永恒的乐音合拍，当它呜咽出最后的声音时，就把我静默的琴儿放在静默的脚边。

101

我这一生永远以诗歌来寻求你。它们领我从这门走到那门，我和它们一同摸索，寻求着，接触着我的世界。

我所学过的功课，都是诗歌教给我的；它们把捷径指示给我，它们把我心里地平线上的许多星辰，带到我的眼前。

它们整天地带领我走向苦痛和快乐的神秘之国，最后，在我旅程终点的黄昏，它们要把我带到哪一座宫殿的门口呢？

102

我在人前夸说我认得你。在我的作品中，他们看到了你的画像。他们走来问我："他是谁?"我不知道怎么回答。我说，"真的，我说不出来。"他们斥责我，轻蔑地走开了。你却坐在那里微笑。

我把你的事迹编成不朽的诗歌。秘密从我心中涌出。他们走来问我，"把所有的意思都告诉我们罢。"我不知道怎样回答。我说，"呵，谁知道那是什么意思!"他们哂笑了，鄙夷至极地走开。你却坐在那里微笑。

情境赏析

在宗教中，神是抽象的、深奥的、神秘的存在，是不可言说的。任何对神的描写和叙述，都是"不可言说的言说"。诗人所表现的是个人的神秘的体验，是一种常人难以达到的境界。没有诗人那样的宗教情感，没有诗人那样的虔诚精神，也的确无法真正体悟这些作品的深邃境界。然而，超越有限的现实而向往无限是人类的天性，是这些诗歌能够获得共鸣的人性基础。诗人把个人的独特体验和人类的超越天性，即对形而上的无限追求进行了完美的结合，从而创造出一种人们既熟悉又陌生的形象和意境——既抽象又具体，既通俗又神秘——只可意会而不可言传。也许真的只有那个被奉献者能够真正领会其中的奥秘。

103

在我向你合十膜拜之中，我的上帝，让我一切的感知都舒展在你的脚下，接触这个世界。

像七月的湿云，带着未落的雨点沉沉下垂，在我同你合十膜拜之中，让我的全副心灵在你的门前俯伏。

让我所有的诗歌，聚集起不同的调子，在我向你合十膜拜之中，成为一股洪流，倾注入静寂的大海。

情境赏析

诗人借“云”抒发自己的感受。“七月的湿云”是湿漉漉的，加之“沉沉下垂”“未落的雨点”，给人一种沉甸甸的感受和低落的情绪。整句仿佛是写云、雨，实则借云状景抒发自己的情感。旧的将去新的未到，“沉”中蕴含了“升”的企盼，也许这才是诗人用“全副心灵”俯伏于上帝门前祈祷的真实意义。

诗人要将自己所有吟唱的不同音符汇集成“一股洪流”，“倾注入静寂的大海”。他用“静寂”来反衬大海的喧闹，这种“静”一旦与更广泛的“动”相糅合，就会引起不寻常的震惊。

名家点评

由于他那至为敏锐、清新与优美的诗；这诗出之于高超的技巧，并由于他自己用英文表达出来，使他那充满诗意的思想业已忧为西方文学的一部分。

——郭沫若

新月集

家庭

这首诗是《新月集》的第一首诗，是理解《新月集》的钥匙。作者以朴素的笔调，明快的语言，清新的意境，成人的心理揣摩孩子的志趣，活画出一幅孩提时代的生活图景。

我独自在横跨过田地的路上走着，夕阳像一个守财奴似的，正藏起它的最后的金子。

白昼更加深沉地没入黑暗之中，那已经收割了的孤寂的田地，默默地躺在那里。

天空里突然升起了一个男孩子的尖锐的歌声。他穿过看不见的黑暗，留下他的歌声的辙痕跨过黄昏的静谧。

他的乡村的家坐落在荒凉的土地的边上，在甘蔗田的后面，躲藏在香蕉树、瘦长的槟榔树、椰子树和深绿色的贾克果树的阴影里。

我在星光下独自走着的路上停留了一会儿，我看见黑沉沉的大地展开在我的面前，用她的手臂拥抱着无量数的家庭，在那些家庭里有着摇篮和床铺，母亲们的心和夜晚的灯，还有年轻轻的生命，他们满心欢乐，却浑然不知这样的欢乐对于世界的价值。

情境赏析

开头两段，寥寥数语，便刻画了一个苍茫、宁寂的意境，有力地烘托了旅行者此时此刻的孤寂心情。夜幕知归，独自在黄昏中行走的人，总是要脚步匆匆地归向寓所，回归到他生命中的某一客栈，将劳作得疲惫的身心进行调整和休息。

名家点评

他是我们圣人中的第一人：不拒绝生命，而能说出生命之本身的，这就是我们所以爱他的原因了。

——郑振铎

孩童之道

有什么东西能像新月那样纯美而圣洁呢？只有孩童的心。

只有孩童才能在他纤小的新月的世界里，摈弃一切的羁绊，自由自在地、快乐地、无忧地生长着。

只要孩子愿意，他此刻便可飞上天去。

他所以不离开我们，并不是没有缘故。

他爱把他的头倚在妈妈的胸间，他即使是一刻不见她，也是不行的。

孩子知道各式各样的聪明话，虽然世间的人很少懂得这些话的意义。

他所以永不想说，并不是没有缘故。

他所要做的一件事，就是要学习从妈妈的嘴唇里说出来的话。那就是他所以看来这样天真的缘故。

孩子有成堆的黄金与珠子，但他到这个世界上来，却像一个乞丐。

他所以这样假装了来，并不是没有缘故。

这个可爱的小小的裸着身体的乞丐，所以假装着完全无助的样子，便是想要乞求妈妈的爱的财富。

孩子在纤小的新月的世界里，是一切束缚都没有的。

他所以放弃了他的自由，并不是没有缘故。

他知道有无穷的快乐藏在妈妈的心的小小一隅里，被妈妈亲爱的手臂所拥抱，其甜美远胜过自由。

孩子永不知道如何哭泣。他所住的是完全的乐土。

他所以要流泪，并不是没有缘故。

虽然他用了可爱的脸儿上的微笑，引逗得他妈妈的热切的心向着他，然而他因为细故而发的小小的哭声，却编成了怜与爱的双重约束的带子。

情境赏析

童心是美丽的，母爱是伟大的，同时二者又是密不可分的。童心因追求母爱而纯洁，母爱因童心而显出神圣。这便是诗人在诗中所表现出的境界。

孩子的遐想空间是自由的、无所不能的，然而正是对母亲的依恋，他才宁愿放弃那自由翱翔天空的飞行。

孩子的心中有一套大人也无法企及和破译的心灵密码，但为了与母亲交流对话，放弃了那意义深藏的符号，让母亲了解他的所思所想。

孩子来到人世，放弃了前生积累的财富，只托生一个一无所有的乞丐，为了乞求妈妈的抚摸和亲吻，乞求妈妈的爱这无价的财富。

孩子以他的小小阴谋，脸上的点点泪滴引起母亲的关怀和抚慰，多么纯真与可爱的童心啊！

诗人对“孩童之道”想象得多么奇妙，体察得多么细腻，表现得多么生动啊！这无与伦比的童心与母爱的结合，是多么相得益彰！

开始

人类自身是从哪儿来的呢？这不光是小孩子喜欢追问的问题，同样也是我们成人以至于哲学家们所要追问的问题，一位母亲满怀着无限的爱意做了解答。《开始》这篇甜美、深切感人的抒情诗，追溯了人类诞生孕育的全过程，从而引发出对生命及爱情的深切的哲学思考。

“我是从哪儿来的，你，在哪儿把我捡起来的？”孩子问他的妈妈说。

她把孩子紧紧地搂在胸前，半哭半笑地答道——

“你曾被我当作心愿藏在我的心里，我的宝贝。”

“你曾存在于我孩童时代玩的泥娃娃身上；每天早晨我用泥土塑造我的神像，那时我反复地塑了又捏碎了的就是你。”

“你曾和我们的家庭守护神一同受到祀奉，我崇拜家神时也就崇拜了你。”

“你曾活在我所有的希望和爱情里，活在我的生命里，我母亲的生命里。”

“在主宰着我们家庭的不死的精灵的膝上，你已经被抚育了好多年了。”

“当我做女孩子的时候，我的心的花瓣儿张开，你就像一股花香似的散发出来。”

“你的软软的温柔，在我青春的肢体上开花了，像太阳出来之前的天空上的一片曙光。”

“上天的第一宠儿，晨曦的孪生兄弟，你从世界的生命的溪流浮泛而下，终于停泊在我的心头。”

“当我凝视你的脸蛋儿的时候，神秘之感湮没了我；你这属于一切人的，竟成了我的。”

“为了怕失掉你，我把你紧紧地搂在胸前。是什么魔术把这世界的宝贝引到我这双纤小的手臂里来呢?”

情境赏析

孩子问妈妈自己的来历，这几乎是每个做母亲的人都会遇到的问题，这个问题既复杂又简单，它是人类世代文化积淀的文明，在这首诗中妈妈的回答便蕴藉了丰富的文化内涵。已经成为天性的母爱，在每个要做母亲的女性身上，都要重新演化一次，成为亘古常新的主题。因此诗中的母亲说孩子是她作为女孩子时心花中散发的花香，是她少女时代青春肢体上开出的花朵。

母爱中除了人类的天性之外，还有民族文化的基因。本诗中有两个方面的内容与印度文化传统有关。一个是对孩子的“崇拜”，诗句“你曾和我们的家庭守护神一同受到祀奉，我崇拜家神时也就崇拜了你”，就是这种传统的体现。另一个是关于生命轮回的观念，世界生命的本体与自我生命的个体统一的观念，诗句“你从世界的生命的溪流浮泛而下，终于停泊在我的心头”，表现的就是这样的观念。当然，不同的民族文化传统只是丰富了母爱的内容，母爱的本质是不会改变的，这种本质使母爱在人类中具有普遍性，因此，这样的表现母爱主题的诗歌能够获得普遍的共鸣。

孩子的世界

泰戈尔的儿童诗创作的动因是诗人与孩子的共同生活，他用童心世界的自然、自由、善良、美好与现实世界的矫饰、拘束、邪恶、丑陋相对照。在这首诗中诗人把孩子的世界作为一个理想的世界，通过对这个理想世界的向往来表现对现实世俗世界的厌恶。

我愿我能在我孩子自己的世界的中心，占一角清净地。

我知道有星星同他说话，天空也在他面前垂下，用它傻傻的云朵和彩虹来愉悦他。

那些大家以为他是哑的人，那些看去像是永不会走动的人，都带了他们的故事，捧了满装着五颜六色的玩具的盘子，匍匐地来到他的窗前。

我愿我能在横过孩子心中的道路上游行，解脱了一切的束缚；

在那儿，使者奉了无所谓的使命奔走于无史的诸王的王国间；

在那儿，理智以她的法律造为纸鸢而放飞，真理也使事实从桎梏中自由了。

情境赏析

20世纪初，诗人泰戈尔在外部世界处处碰壁，感到沮丧，就在这时，他发现了童心之美，体会到天真自由的童趣，由此产生了进入孩子的世界的渴望。成人的世界充满了功利，充满了纷争，在这样的纷扰人生中，诗人感觉到身心疲惫。他发现那个自然天真、自由自在的童心世界，才是超越现实烦恼的一方净土，因此他希望在“孩子自己的世界的中心，占一角清净地”。这正是他曾踏破铁鞋四处寻觅的一个纯洁净美的世界，在这里，诗人可以“解脱了一切的束缚”，获得无拘无束的自由。

这是一首寓意深刻的哲理诗，全诗通过孩子和大人所做的“游戏”的对比，进一步论证了人类生存的真实境遇。这不只是为儿童创作、取悦儿童的诗，其实也是为成人创作的诗。

孩子，你真是快活呀，一早晨坐在泥土里，耍着折下来的小树枝儿。

我微笑地看你在那里耍着那根折下来的小树枝儿。

我正忙着算账，一小时一小时在那里加叠数字。

也许你在看我，想道，“这种好没趣的游戏，竟把你的一早晨的好时间浪费掉了！”

孩子，我忘了聚精会神玩耍树枝与泥饼的方法了。

我寻求贵重的玩具，收集金块与银块。

你呢，无论找到什么便去做你的快乐的游戏，我呢，却把我的时间与力气都浪费在那些我永不能得到的东西上。

我在我的脆薄的独木船里挣扎着要航过欲望之海，竟忘了我也是在那里做游戏了。

情境赏析

诗人对于物质文明给人类性情造成的摧毁，表达出一种深刻的悲哀。孩提时那种忘我忘情的游戏再也找不到了，代之而起的，却是把时间和精

力都耗费在那些永远得不到的东西上。

“我在我的脆薄的独木船里挣扎着要航过欲望之海，竟忘了我也是在那里做游戏了。”结尾一句，点明了全诗的主旨。世人为了追逐利益而进行的奔波，说穿了也不过是在做着一种游戏罢了。

名家点评

初读泰戈尔，“我好像探得了我‘生命的生命’，探得了‘生命的泉水’一样。……那清新和平易简直使我吃惊，使我一跃便年轻了二十年！”

——郭沫若

这是一首清新明快的诗，把儿童对母亲的挚爱表现得极为贴切，诗歌想象力丰富，语句和结构上也非常凝练而多彩。体现了泰戈尔对母爱和童真的赞颂，也隐约地道出了诗人对社会与人生的态度。

妈妈，住在云端的人对我唤道——

“我们从醒的时候游戏到白日终止。”

“我们与黄金色的曙光游戏，我们与银白色的月亮游戏。”

我问道，“但是，我怎么能够上你那里去呢?”

他们答道，“你到地球的边上来，举手向天，就可以被接到云端里来了。”

“我妈妈在家里等我呢，”我说，“我怎么能离开她而来呢?”

于是他们微笑着浮游而去。

但是我知道一个比这个更好的游戏，妈妈。

我做云，你做月亮。

我用两只手遮盖你，我们的屋顶就是青碧的天空。

住在波浪上的人对我唤道——

“我们从早晨唱歌到晚上；我们前进又前进地旅行，也不知我们所经过的是什么地方。”

我问道，“但是，我怎么能加入你们队伍里去呢?”

他们告诉我说，“来到岸旁，站在那里，紧闭你的两眼，你就被带到波浪上来了。”

我说，“傍晚的时候，我妈妈常要我在家里——我怎么能离开她而去呢?”

于是他们微笑着，跳着舞奔流过去。

但是我知道一个比这个更好的游戏。

我是波浪，你是陌生的岸。

我奔流而进，进，进，笑哈哈地撞碎在你的膝上。

世界上就没有一个人会知道我们俩在什么地方。

情境赏析

全诗分为两节，“我”——一个富于幻想却又依恋现实的可爱的孩子，这是诗歌的主人公。幻想的“住在云端的人”和“住在波浪上的人”与家中的妈妈和我之间组成现实世界和幻觉中的世界。

全诗构思巧妙，用实有的人与虚幻的人的对话构成了诗歌的格局和韵律。将现实托入想象的云端，又将想象沉落到现实的情怀之中。适应孩童思维敏捷、好奇心强等心态和特点，诗句节奏明快、富有跳跃感和色彩感。

这首诗中母爱的伟大、母爱的力量不是从母亲的言行或旁人的议论的角度来体现的，而是由一个稚嫩的儿童所感受的，因此更加显出母爱的自然、质朴和深切。这种无声、无形的力量像一块磁石吸住了孩子的心，把他从虚幻的世界拉向现实之中。然而，诗人绝不会让孩子在现实中失望，那个美好的虚幻世界能赐给孩子的，在现实世界中同样能够获得。聪明的孩子想出了“更好的游戏”，在游戏中妈妈成了孩子的挚友和希望之所在。“我做云，你做月亮。”“我是波浪，你是陌生的岸。”于是，嬉笑和神秘的好奇心在现实生活中得到了满足，而母子依恋的深情便被这奇妙的游戏所包容。

金色花

这是泰戈尔充满大胆新颖想象创作的诗，从司空见惯的事物中挖掘出与众不同的奇妙之处，借用“金色花”这一拟物，把童稚之心表现得如幻如真。

假如我变了一朵金色花，只是为了好玩，长在那棵树的高枝上，笑哈哈地在风中摇摆，又在新生的树叶上跳舞，妈妈，你会认识我吗？

你要是叫道，“孩子，你在哪里呀？”我暗暗地在那里匿笑，却一声不响。

我要悄悄地开放花瓣儿，看着你工作。

当你沐浴后，湿发披在两肩，穿过金色花的林荫，走到你做祷告的小庭院时，你会嗅到这花的香气，却不知道这香气是从我身上来的。

当你吃过中饭，坐在窗前读《罗摩衍那》，那棵树的阴影落在你的头发与膝上时，我便要投我的小小的影子在你的书页上，正投在你所读的地方。

但是你会猜得出这就是你的小孩子的小影子吗？

当你黄昏时拿了灯到牛棚里去，我便要突然地再落到地上来，又成了你的孩子，求你讲个故事给我听。

“你到哪里去了，你这坏孩子？”

“我不告诉你，妈妈。”这就是你同我那时所要说的话了。

情境赏析

没有什么会比孩子的世界更可爱了，没有什么人对童心的体察会比泰戈尔更深切了，他用“金色花”这一喻象处理了孩子的童真和顽皮这一普通的题材。小孩子要同妈妈来一次调皮，他不采用别的方式，而单单要变作树枝上的一朵金色花跳着，摇摆着，俯视着妈妈的一切工作，又要与妈妈“捉迷藏”。

泰戈尔以出乎意料的想象将孩子的淘气，孩子在妈妈面前撒娇作痴，故意做违拗之语，想引起妈妈更多的注意与关爱之态表现得淋漓尽致。

名家点评

我们敬重他是一个怜悯弱者、同情被压迫人民的诗人；我们更敬重他是一个实行帮助农民的诗人；我们尤其敬重他是一个鼓励爱国精神、激起印度青年反抗英帝国主义的计人。

——茅盾

雨天

好的诗篇，总是要以优美生动的意象来打动人心，泰戈尔的这首诗正是将听觉和视觉的意象有机地结合起来，反复地铺垫、重叙、渲染，烘托出一幅热带田园的雨中即景，“意”与“象”的结合完美、凝练，构成一篇状物写景的上乘之作。

云很快地聚拢在森林的黝黑的边缘上。

孩子，不要出去呀！

湖边的一行棕树，向冥暗的天空撞着头；羽毛凌乱的乌鸦，静悄悄地栖在罗望子的枝上，河的东岸正被乌沉沉的暝色所侵袭。

我们的牛系在篱上，高声鸣叫。

孩子，在这里等着，等我先把牛牵进牛棚里去。

许多人都挤在池水泛溢的田间，捉那从泛溢的池中逃出来的鱼儿；雨水成了小河，流过狭弄，好像一个嬉笑的孩子从他妈妈那里跑开，故意要恼她一样。

听呀，有人在浅滩上喊船夫呢。

孩子，天色冥暗了，渡头的摆渡船已经停了。

天空好像是在滂沱的雨上快跑着；河里的水喧叫而且暴躁；妇人们早已拿着汲满了水的水罐，从恒河畔匆匆地回家了。

夜里用的灯，一定要预备好。

孩子，不要出去呀！

到市场去的大道已没有人走，到河边去的小路又很滑。风在竹林里咆哮着，挣扎着，好像一只落在网中的野兽。

情境赏析

这首诗与孩童并无多大关联，诗是由雨中的优美意象组成的，充分展现了诗人在构筑语言方面的能力。

诗的一开头首先用寥寥几笔描述了暴雨将至的大地与天空的色彩，“黝黑”“冥暗”“乌沉沉的暝色”等描写确定了全诗的色彩基调，诗的情节在低沉阴郁的背景下开始。

然后诗人分别创造了听觉和视觉的意象。以鲜活的词汇、充满动感的语言冲击着我们的听觉，产生惊心的力量。又用一系列生动的意象，将雨季来临的情景刻画得活灵活现，表现了诗人对自然山水的喜爱之情。正是听觉与视觉的完美的有机结合，让我们感受到了优美生动的意象。

名家点评

泰戈尔的诗，没有普希金的雄健壮阔，没有海涅的甜蜜梦幻，没有拜伦的气悍心魄，也没有雪莱的浪漫如风。他的诗是优美的画，无声的息，水乳交融。他艺术的魅力和思想的广阔，不是一般人可以达到的境界。

——臧克家

在泰戈尔的诗中，有两首写到“纸船”，一首是这首《纸船》，还有一首是《园丁集》第70首，追忆童年的那只纸船被风雨冲没。《纸船》以其意象的深刻、精神的深远而广为流传。

我每天把纸船一个个放在急流的溪中。

我用大黑字写我的名字和我住的村名在纸船上。

我希望住在异地的人会得到这纸船，知道我是谁。

我把园中长的秀利花载在我的小船上，希望这些黎明开的花能在夜里平平安安地到达岸上。

我投我的纸船到水里，仰望天空，看见小朵的云正张着满鼓着风的白帆。

我不知道天上有我的什么游伴把这些船放下来同我的船比赛！

夜来了，我的脸埋在手臂里，梦见我的纸船在子夜的星光下缓缓地浮泛前去。

睡仙坐在船里，带着满载着梦的篮子。

情境赏析

泰戈尔的诗对于水、船、岸、船夫等意象尤为偏爱，反复吟咏，因为它们在泰戈尔的思想中具有特定的象征意义。水是茫茫尘世；岸是诗人心目中理想境界——宇宙的无垠；船是我们从有限的尘世到达无限的宇宙的途径或方法；船夫或水手便是航行的指引者。

对岸

这首诗虽然以幼稚的孩子的叙述入手，在浅显易懂的文字之下，却蕴含着深刻的哲理。在这里，“对岸”这一意象成为抽象的暗喻，诗人对人类此岸世界以及宇宙的彼岸世界有着深深的思索，要由无限的此岸达到无限的彼岸，需要驾帆的船夫，而诗人就像那孩子，选择了做船夫。

我渴想到河的对岸去。

在那边，好些船只一行儿系在竹竿上；

人们在早晨乘船渡过那边去，肩上扛着犁头，去耕耘他们的远处的田；

在那边，牧人使他们鸣叫着的牛游泳到河旁的牧场去；

黄昏的时候，他们都回家了，只留下豺狼在这满长着野草的岛上哀叫。

妈妈，如果你不在意，我长大的时候，要做这渡船的船夫。

据说有好些古怪的池塘藏在这个高岸之后。

雨过去了，一群一群的野鹜飞到那里去，茂盛的芦苇在岸边四围生长，水鸟在那里生蛋；

竹鸡带着跳舞的尾巴，将它们细小的足印印在洁净的软泥上；

黄昏的时候，长草顶着白花，邀月光在长草的波浪上浮游。

妈妈，如果你不在意，我长大的时候，要做这渡船的船夫。

我要自此岸至彼岸，渡过来，渡过去，所有村中正在那儿沐浴的男孩女孩，都要诧异地望着我。

太阳升到中天，早晨变为正午了，我将跑到你那里去，说道：“妈妈，我饿了！”

一天完了，影子俯伏在树底下，我便要在黄昏中回家来。

我将永不同爸爸那样，离开你到城里去做事。

妈妈，如果你不在意，我长大的时候，要做这渡船的船夫。

情境赏析

一个幼稚的孩子，他渴望到河的对岸去，因为那里有鸣叫着的牛、有古怪的池塘、有跳舞的竹鸡，于是他要做一个渡船的船夫。因为通向彼岸的路只有乘船才可以过去。而诗人如这幼稚的孩子，宁愿做这渡船的船夫，也不愿再像父辈一样，奔逐于世俗之间，到城里去过追求功名利禄的日子。他只愿做一名船夫，导引着众生，从此岸划向彼岸，从世俗走向脱俗。

至此，诗人已从具体的“对岸”的意象，走进了抽象的形而上的玄思里。他个人的这种思索和体验，同时也带有人类集体思索和体验的意味。渡到彼岸，便由此而成了整个人类全部生存的终极目的了。

名家点评

泰戈尔不仅是对世界文学做出了卓越贡献的天才诗人，还是憎恨黑暗、争取光明的伟大印度人民的杰出代表……中国人民永远不能忘记泰戈尔对他们的热爱，中国人民也不能忘记泰戈尔对他们的艰苦的民族独立斗争所给予的支持。

——周恩来

园丁集

1

这首诗是抒情诗集《园丁集》的第一首诗，不言而喻，这部诗集名称的由来盖源于这首诗。

著名诗人庞德曾说，读《园丁集》最好的办法就是自由地、完整地读这些诗歌中的每一首诗，忘掉对诗歌所含意义的追究，让我们怀着如此的心境翻开《园丁集》吧！

仆　人

请对你的仆人开恩吧，我的女王！

女　王

集会已经开始，我的仆人们都走了。你为什么来得这么晚呢？

仆　人

你同别人谈过以后，就是我的时间了。
我来问有什么剩余的工作，好让你的最末一个仆人去做。

女　王

在这么晚的时间你还想做什么呢？

仆　人

让我做你花园里的园丁吧。

女　王

这是什么傻念头呢？

仆 人

我要搁下别的工作。

我把我的剑矛扔在尘土里。不要差遣我去遥远的宫廷；不要命令我做新的征讨。只求你让我做你花园里的园丁。

女 王

你的职责是什么呢？

仆 人

为你闲散的日子服务。

我要保持你清晨散步的草径清爽新鲜，你每一移步将有甘于就死的繁花以赞颂来欢迎你的双足。

我将在七叶树的枝间推送你的秋千；向晚的月亮将挣扎着从叶隙里吻你的衣裙。

我将在你床边的灯盏里添满了香油，我将用檀香和番红花膏在你脚垫上涂画上美妙的花样。

女 王

你要什么报酬呢？

仆 人

只要你允许我像握着嫩柔的菡萏一般地握住你的小拳，把花串套上你的纤腕；允许我用无忧的花红汁来染你的脚底，以亲吻来拂去那偶然留在那里的尘埃。

女 王

你的祈求被接受了，我的仆人，你将是我花园里的园丁。

情境赏析

在《园丁集》的第一首诗中，诗人借园丁之口，歌咏爱情与人生，把

利剑委弃于尘土之中，而为爱情和人生培育奇花异草，全诗写得崇高而富于激情，描写不止于形而重于情，表达不止于意而深于境，尤其是其戏剧对白的结构方式，不仅自由，而且极富象征意义：它将爱情升华至职责的意义上，从而使爱情有了形而上的意义。格调上，这首诗也不只是单纯的青春年华的咏叹调，而是一首富于宗教圣诗的寓意诗。

2

“呵，诗人，夜晚渐临；你的头发已经变白。”

“在你孤寂的沉思中听到了来生的消息么?”

“是夜晚了，”诗人说，“夜虽已晚，我还在静听，因为也许有人会从村中呼唤。”

“我看守着，是否有年轻的飘游的心聚在一起，两对渴望的眼睛切盼有音乐来打破他们的沉默并替他们说话。”

“如果我坐在生命的岸边默想着死亡和来世，又有谁来编写他们的热情的诗歌呢?”

“早现的晚星消隐了。”

“火葬灰中的红光在沉静的河边慢慢地熄灭下去。”

“残月的微光下，胡狼从空宅的庭院里齐声嗥叫。”

“假如有游子们，离了家，到这里来守夜，低头静听黑暗的微语，有谁把生命的秘密向他耳边低诉呢，如果我，关起门户，企图摆脱世俗的牵缠?”

“我的头发变白是一件小事。”

“我是永远和这村里最年轻的人一样年轻，最年老的人一样年老。”

“有的人发出甜柔单纯的微笑，有的人眼里含着狡猾的闪光。”

“有的人在白天流涌着眼泪，有的人的眼泪却隐藏在幽暗里。”

“他们都需要我，我没有时间去冥想来生。”

“我和每一个人都是同年的，我的头发变白了又怎样呢?”

情境赏析

本诗的创作契机是诗人发现自己早生华发，于是，像打开了时间之窗，他听到了今生与来世的双重呼唤。这是印度传统文化中出世与入世的矛盾在新时代的表现。按照印度传统，人生分为梵行期、家居期、林居期和遁世期四个阶段，40岁左右应该进入为来世做准备的林居修行时期了。泰戈尔的人格中存在着深刻的矛盾，追求宁静的自我修养与向往荣达的自我实现，是他人格系统的一组二元对立。他常常赞美古代的仙人们与自然融为一体的净修林生活，自己也选择了远离喧哗世界的“寂园”作为定居地。但他又经不住外界的吸引，多次从这个宁静的角落走向全国和世界各地。泰戈尔的灵魂中虽然积淀着深厚的传统文化因子，但更激荡着现代潮流。西方文化的熏陶，现实生活的吸引，人生的责任感抵消了印度传统文化的出世主义对他的影响。来世的呼唤虽然隐约可闻，但现世的呼声似乎更令诗人心动。他想，如果我在尘世的此岸，一味冥想来世的彼岸，那么谁在青年男女幽会的时候，为他们弹奏内心的爱恋？谁去探索那通宵不眠的游子幽深的心底世界？于是，他还是把目光和心灵转向了此岸，去倾听村庄和城镇居民的呼唤。

3

早晨我把网撒在海里。

我从沉黑的深渊拉出奇形奇美的东西——有些微笑般地发亮，有些眼泪般地闪光，有的晕红得像新娘的双颊。

当我携带着这一天的负担回到家里的时候，我爱正坐在园里悠闲地扯着花叶。

我沉吟了一会儿，就把我捞得的一切放在她的脚前，沉默地站着。

她瞥了一眼说，“这是些什么怪东西？我不知道这些东西有什么用处！”

我羞愧得低了头，心想，“我并没有为这些东西去奋斗，也不是从市场里买来的；这些不是配送给她的礼物。”

整夜的工夫我把这些东西一件一件地丢到街上。

早晨行路的人来了；他们把这些拾起带到远方去了。

4

我真烦，为什么他们把我的房子盖在通向市镇的路边呢？

他们把满载的船只拴在我的树上。

他们任意地来去游逛。

我坐着看着他们；光阴都消磨了。

我不能回绝他们。这样我的日子便过去了。

日日夜夜他们的足音在我门前震荡。

我徒然地叫，“我不认得你们。”

有些人是我的手指所认识的，有的人是我的鼻官所认识的，我脉管中的血液似乎认得他们，有些人是我的魂梦所认识的。

我不能回绝他们。我呼唤他们说，“谁愿意到我房子里来就请来吧，对了，来吧。”

清晨庙里的钟声敲起。

他们提着筐子来了。

他们的脚像玫瑰般红。熹微的晨光照在他们的脸上。

我不能回绝他们。我呼唤他们说，“到我园里来采花吧。到这里来吧。”

中午锣声在庙殿门前敲起。

我不知道他们为什么放下工作在我篱畔流连。

他们发上的花朵已经褪色枯萎了；他们横笛里的音调也显得乏倦。

我不能回绝他们。我呼唤他们说，“我的树荫下是凉爽的。来吧，朋友们。”

夜里蟋蟀在林中唧唧地叫。

是谁慢慢地来到我的门前轻轻地敲叩？

我模糊地看到他的脸，他一句话也没说，四周是天空的静默。

我不能回绝我的沉默的客人。我从黑暗中望着他的脸，梦幻的时间过去了。

5

我心绪不宁。我渴望着遥远的事物。

我的灵魂在极想中走出，要去摸触幽暗的远处的边缘。

呵，“伟大的来生”，呵，你笛声的高亢的呼唤！

我忘却了，我总是忘却了，我没有奋飞的翅翼，我永远在这地点系住。

我切望而又清醒，我是一个异乡的异客。

你的气息向我低语出一个不可能的希望。

我的心懂得你的语言就像它懂得自己的语言一样。

呵，“遥远的寻求”，呵，你笛声的高亢的呼唤！

我忘却了，我总是忘却了，我不认得路，我也没有生翼的马。

我心绪不宁。我是自己心中的流浪者。

在疲倦时光的日霭中，你广大的幻象在天空的蔚蓝中显现！

呵，“最远的尽头”，呵，你笛声的高亢的呼唤！

我忘却了，我总是忘却了，在我独居的房子里，所有的门户都是紧闭的！

6

驯养的鸟在笼里，自由的鸟在林中。

时间到了，他们相会，这是命中注定的。

自由的鸟说：“呵，我爱，让我们飞到林中去吧。”

笼中的鸟低声说：“到这里来吧，让我俩都住在笼里。”

自由的鸟说：“在栅栏中间，哪儿有展翅的余地呢？”

“可怜呵，”笼中的鸟说，“在天空中我不晓得到哪里去栖息。”

自由的鸟叫唤说：“我的宝贝，唱起林野之歌吧。”

笼中的鸟说："坐在我旁边吧，我要教你说学者的语言。"

自由的鸟叫唤说："不，不！歌曲是不能传授的。"

笼中的鸟说："可怜的我呵，我不会唱林野之歌。"

他们的爱情因渴望而更加热烈，但是他们永不能比翼双飞。

他们隔栏相望，而他们相知的愿望是虚空的。

他们在依恋中振翼，唱说："靠近些吧，我爱！"

自由的鸟叫唤说："这是做不到的，我怕这笼子的紧闭的门。"

笼里的鸟低声说："我的翅翼是无力的，而且已经死去了。"

7

呵，母亲，年轻的王子要从我们门前走过，今天早晨我哪有心思干活儿呢？

教给我怎样挽发；告诉我应该穿哪件衣裳。

你为什么惊讶地望着我呢，母亲？

我深知他不会仰视我的窗户；我知道一刹那间他就要走出我的视线以外；只有那残曳的笛声将从远处向我呜咽。

但是那年轻的王子将从我们门前走过，这时节我要穿上我最好的衣裳。

呵，母亲，年轻的王子已经从我们门前走过了，从他的车辇里射出朝日的金光。

我从脸上掠开面纱，我从颈上扯下红玉的颈环，扔在他走来的路上。

你为什么惊讶地望着我呢，母亲？

我深知他没有拾起我的颈环；我知道它在他的轮下碾碎了，在尘土上留下了红斑，没有人晓得我的礼物是什么样子，也不知是给谁的。

但是那年轻的王子曾经从我们门前走过，我也曾经把我胸前的珍宝丢在他走来的路上了。

8

当我床前的灯熄灭了，我和晨鸟一同醒来。

我在散发上戴上新鲜的花串，坐在洞开的窗前。

那年轻的行人在玫瑰色的朝霭中从大路上来了。

珠链在他的颈上，阳光在他的冠上。他停在我的门前，用切望的呼声问我，“她在哪里呢？”

为着深羞我说不出，“她就是我，年轻的行人，她就是我。”

黄昏来到，还未上灯。

我不宁地编着头发。

在落日的光辉中年轻的行人驾着车辇来了。

他的驾车的马，嘴里喷着白沫，他的衣袍上蒙着尘土。

他在我的门前下车，用疲乏的声音问，“她在哪里呢？”

为着深羞我说不出，“她就是我，愁倦的行人，她就是我。”

一个四月的夜晚。我的屋里点着灯。

南风温柔地吹来。多言的鹦鹉在笼里睡着了。

我的衷衣和孔雀颈毛一样华彩，我的披纱和嫩草一样碧青。

我坐在窗前地上望着冷落的街道。

在沉黑的夜中我不住地低吟着，“她就是我，失望的行人，她就是我。”

9

当我在夜中独赴幽会的时候，鸟儿不叫，风儿不吹，街道两旁的房屋沉默地站立着。

是我自己的脚镯越走越响使我羞怯。

当我坐在凉台上倾听他的足音，树叶不摇，河水静止，像熟睡的哨兵膝上的刀剑。

是我自己的心在狂跳——我不知道怎样使它宁静。

当我爱来了坐在我身旁，当我的身躯震颤，我的眼睫下垂，夜更深了，风吹灯灭，云片在繁星上曳过轻纱。

是我自己胸前的珍宝放出光明。我不知道怎样把它遮起。

情境赏析

泰戈尔的大部分爱情诗似乎只是传达一种情感，给人一种美的感觉。《园丁集》第7首写一个初恋的女子心绪不宁，精心打扮自己，可是她的意中人没有发现她的痴情。第9首写一个热恋的女子在与情人幽会时的狂喜和激动。泰戈尔的爱情诗更多的还是写恋爱中男女的羞怯。如第8首写一个多情而羞涩的姑娘，由清晨到黄昏两次见到情人，都不好意思吐露真情。在一个四月的夜晚，姑娘穿上最好的衣服坐在窗前，决心诉说自己的爱情，可是情人却没有再来。泰戈尔的爱情诗，情感细腻真挚，格调轻柔婉转，语言清新流丽，比喻别致新颖；像是一朵朵洁白的茉莉花，馥郁优雅，超凡脱俗，独具一格。

10

放下你的工作吧，我的新娘。听，客人来了。
你听见没有，他在轻轻地摇动那闩门的链子？
小心不要让你的脚镯响出声音，在迎接他的时候你的脚步不要太急。
放下你的工作吧，新娘，客人在晚上来了。

不，这不是一阵阴风，新娘，不要惊惶。
这是四月夜中的满月；院里的影子是暗淡的；头上的天空是明亮的。
把轻纱遮上脸，若是你觉得需要，提着灯到门前去，若是你害怕。
不，这不是一阵阴风，新娘，不要惊惶。
若是你害羞就不必和他说话；你迎接他的时候只需站在门边。
他若问你话，若是你愿意这样做，你就沉默地低眸。
不要让你的手镯作响，当你提着灯，带他进来的时候。

不必同他说话，如果你害羞。

你的工作还没有做完吗，新娘？听，客人来了。

你还没有把牛棚里的灯点起来吗？

你还没有把晚祷的供筐准备好吗？

你还没有在发缝中涂上鲜红的吉祥点，你还没有理过晚妆吗？

呵，新娘，你没有听见，客人来了吗？

放下你的工作吧！

11

你就这样来吧；不要在梳妆上捱延了。

即使你的辫发松散，即使你的发辫没有分直，即使你衰衣的丝带没有系好，都不要管它。

你就这样地来吧；不要在梳妆上捱延了。

来吧，用快步踏过草坪。

即使露水粘掉了你脚上的红粉，即使你踝上的铃串褪松，即使你链上的珠儿脱落，都不要管它。

来吧，用快步踏过草坪吧。

你没看见云雾遮住天空吗？

鹤群从远远的河岸飞起，狂风吹过常青的灌木。

惊牛奔向村里的栅棚。

你没看见云雾遮住天空吗？

你徒然点上晚妆的灯火——它颤摇着在风中熄灭了。

谁能看出你眼睫上没有涂上乌烟？因为你的眼睛比雨云还黑。

你徒然点上晚妆的灯火——它熄灭了。

你就这样地来吧；不要在梳妆上捱延了。

即使花环没有穿好，谁管它呢；即使手镯没有扣上，让它去吧。

天空被阴云塞满了——时间已晚。

你就这样来吧；不要在梳妆上捱延了。

12

若是你要忙着把水瓶灌满，来吧，到我的湖上来吧。

湖水将回绕在你的脚边，潺潺地说出它的秘密。

沙滩上有了欲来的雨云的阴影，云雾低垂在丛树的绿线上像你眉上的浓发。

我深深地熟悉你脚步的韵律，它在我心中敲击。

来吧，到我的湖上来吧，如果你必须把水瓶灌满。

如果你想懒散闲坐，让你的水瓶漂浮在水面，来吧，到我的湖上来吧。

草坡碧绿，野花多得数不清。

你的思想将从你乌黑的眼眸中飞出，像鸟儿飞出窝巢。

你的披纱将褪落到脚上。

来吧，如果你要闲坐，到我的湖上来吧。

如果你想撇下嬉游跳进水里，来吧，到我的湖上来吧。

把你的蔚蓝的丝巾留在岸上；蔚蓝的水将没过你，盖住你。

水波将蹑足来吻你的颈项，在你耳边低语。

来吧，如果你想跳进水里，到我的湖上来吧。

如果你想发狂而投入死亡，来吧，到我的湖上来吧，

它是清凉的，深到无底。

它沉黑得像无梦的睡眠。

在它的深处黑夜就是白天，歌曲就是静默。

来吧，如果你想投入死亡，到我的湖上来吧。

情境赏析

从诗的结构上看，全诗仿佛是爱的三部曲。第一节诗写爱的秘密，是初恋的感受或是情人初次相会的美妙体验，是心灵“忙碌”的爱的时节。第二节诗写爱的游戏，格调上轻松自如，写景上用明快翠绿的草坡与数不尽的野花来形容，而第一节中的爱的秘密的衷肠到这时已化作离巢的鸟儿，心灵可以在爱的天地里自由地飞翔。至此，爱的秘密的面纱已慢慢地落掉。第三节诗写爱的合一。从场景上看第三节诗落笔于湖水：“蔚蓝的水将没过你，盖住你”“水波将蹑足来吻你的颈项”。从韵味上看，这节诗又承第一节诗写爱的秘密与柔肠，不过它在格调上又比第一节诗深沉，如此，在爱的畅游中接着出现的便是第四节诗中的爱的死亡。从爱的三部曲上看，第四节诗与第三节诗在思想感情上是接近的，应为爱的第三部曲。不过第四节诗显得比第三节诗深化了，也升华了，无疑这第四节诗是全诗的高潮，也是全诗的回旋曲。与情人合一的感情吞没了一切，这正是全诗的最崇高的意境。

13

我一无所求，只站在林边树后。
倦意还逗留在黎明的眼上，露润在空气里。
湿草的懒味悬垂在地面的薄雾中。
在榕树下你用乳油般柔嫩的手挤着牛奶。
我沉静地站立着。

我没有说出一个字。那是藏起的鸟儿在密叶中歌唱。
芒果树在村径上撒着繁花，蜜蜂一只一只地嗡嗡飞来。
池塘边湿婆天的庙门开了，朝拜者开始诵经。
你把罐儿放在膝上挤着牛奶。
我提着空桶站立着。

我没有走近你。
天空和庙里的锣声一同醒来。
街尘在驱起的牛蹄下飞扬。
把汩汩发响的水瓶搂在腰上，女人们从河边走来。
你的钏镯叮当，乳沫溢出罐沿。
晨光渐逝而我没有走近你。

14

我在路边行走，也不知道为什么，
时已过午，竹枝在风中簌簌作响。
横斜的影子伸臂拖住流光的双足。
布谷鸟都唱倦了。
我在路边行走，也不知道为什么。

低垂的树荫盖住水边的茅屋。
有人正忙着工作，她的钏镯在一角放出乐音。
我在茅屋前面站着，我不知道为什么。

曲径穿过一片芥菜田地和几层芒果树林。
它经过村庙和渡头的市集。
我在这茅屋前面停住了，我不知道为什么。

好几年前，三月风吹的一天，春天倦慵地低语，芒果花落在地上。
浪花跳起掠过立在渡头阶沿上的铜瓶。

我想着三月风吹的这一天，我不知道为什么。
阴影更深，牛群归栏。
冷落的牧场上日色苍白，村人在河边待渡。

我缓步回去，我不知道为什么。

15

我像麝鹿一样在林荫中奔走，为着自己的香气而发狂。

夜晚是五月正中的夜晚，清风是南国的清风。

我迷了路，我游荡着，我寻求那得不到的东西，我得到我所没有寻求的东西。

我自己的愿望的形象从我心中走出跳起舞来。

这闪光的形象飞掠过去。

我想把它紧紧捉住，它躲开了又引着我飞走下去。

我寻求那得不到的东西，我得到所没有寻求的东西。

16

手握着手，眼恋着眼：这样开始了我们的心的记录。

这是三月的月明之夜；空气里有凤仙花的芬芳；我的横笛抛在地上，你的花串也没有编成。

你我之间的爱像歌曲一样单纯。

你橙黄色的面纱使我眼睛陶醉。

你给我编的茉莉花环使我心震颤，像是受了赞扬。

这是一个又予又留，又隐又现的游戏；有些微笑有些娇羞，也有些甜柔的无用的抵拦。

你我之间的爱像歌曲一样单纯。

没有现在以外的神秘；不强求那做不到的事情；没有魅惑后面的阴影；没有黑暗深处的探索。

你我之间的爱像歌曲一样单纯。

我们没有走出一切语言之外进入永远的沉默；我们没有向空举手寻求

希望的以外的东西。

我们付与，我们取得，这就够了。
我们没有把喜乐压成微尘来榨取痛苦之酒。
你我之间的爱像歌曲一样单纯。

17

黄鸟在自己的树上歌唱，使我的心喜舞。
我们两人住在一个村子里，这是我们的一份快乐。
她心爱的一对小羊，到我园树荫下吃草。
它们若走进我的麦地，我就把它们抱在臂里。
我们村子名叫康遮那，人们管我们的小河叫安遮那。
我的名字村人都知道，她的名字是软遮那。

我们中间只隔着一块田地。
在我们树里做窝的蜜蜂，飞到他们林中去采蜜。
从他们渡头阶上流来的落花，飘到我们洗澡的池塘里。
一筐一筐的红花干从他们地里送到我们的市集上。
我们村子名叫康遮那，人们管我们的小河叫安遮那。
我的名字村人都知道，她的名字是软遮那。

到她家去的那条曲巷，春天充满了芒果的花香。
他们亚麻子收成的时候，我们地里的苎麻正在开放。
在他们房上微笑的星辰，送给我们以同样的闪亮。
在他们水槽里满溢的雨水，也使我们的迦昙树林喜乐。
我们村子名叫康遮那，人们管我们的小河叫安遮那。
我的名字村人都知道，她的名字是软遮那。

情境赏析

这首诗的最大特点在于对和谐的自然的描写。诗中基本上没有对于爱情的甜言蜜语的直接描写，但爱情的柔美甜蜜却流溢于字里行间，这主要得力于诗人将这种感情位移于自然景物，因而这种民谣式的爱情反而显得极其典雅而含蓄，同时又是热情而奔放的。对自然的描写，诗人着眼于和谐，当然，和谐本来就是自然的突出特征。但对和谐的描写，还有一个角度选择的问题，诗人显然没有对自然的和谐做宏观的描写，而是选择了小景小物，诸如黄鸟、羊羔、麦田、蜜蜂、溪流等，如此乡村美景，星星点点地交织在一起，竟把一种纯真的乡间爱情表现得淋漓尽致。在自然与自然、人与自然的和谐之中，爱情（人与人之间）的和谐也就不言而喻了。再者，对自然和谐的描写，常表露出景物之间某种内在的联系，这样爱的双方便通过这些联系自然地融为一体，就像整个自然的圆融一般。

18

当这两个姊妹出去打水的时候，她们来到这地点，她们微笑了。

她们一定觉察到，每次她们出来打水的时候，那个站在树后的人儿。

姊妹俩相互耳语，当她们走到这地点的时候。

她们一定猜到了，每逢她们出来打水的时候，那个人站在树后的秘密。

她们的水瓶忽然倾倒，水倒出来了，当她们走到这地点的时候。

她们一定发觉，每逢她们出来打水的时候，那个站在树后的人的心正在跳着。

姊妹俩相互瞥了一眼又微笑了，当她们来到这地点的时候。

她们飞快的脚步里带着笑声，使这个每逢她们出来打水的时候站在树后的人儿心魂缭乱了。

情境赏析

全诗共有四节，写得层次分明，步步深入。第一节写两姐妹经过这里时的最初表现和最初感受。当她们出门打水来到这个地点的时候，她们“微笑”了；因为她们觉察到，每次她们出来打水的时候，那个人总是站在树后。第二节写两姐妹经过这里时的第二表现和第二感受。当她们走过这个地点的时候，她们“相互耳语”；因为她们进一步猜到了，每逢她们出来打水的时候，那个人总是站在树后，这是一个彼此心照不宣的秘密。第三节写两姐妹经过这里时的第三表现和第三感受。当她们经过这个地点的时候，她们的“水瓶忽然倾倒，水倒出来了”；因为她们更进一步发觉了，每逢她们出来打水的时候，那个总是站在树后的人的心正在猛烈跳动。第四节写两姐妹经过这里时的最后表现和最后感受。当她们来到这个地点的时候，她们“相互瞥了一眼又微笑了”；因为她们终于明白了，她们“飞快的脚步里带着笑声”，使得那个每逢她们出来打水的时候总是站在树后的人心魂缭乱，难以控制自己。

在这首诗里，由两姐妹始而微笑，继而互相耳语，继而水瓶倾倒，直到最后相互瞥视又微笑，意境一层深过一层，一步深过一步；她们与那个总是站在树后的人的呼应也越来越紧密，她们对那个总是站在树后的人的态度也越来越明朗。

19

你腰间搂着灌满的水瓶，在河边路上行走。

你为什么急遽地回头，从飘扬的面纱里偷偷地看我？

这个从黑暗中向我送来的闪视，像凉风在粼粼的微波上掠过，一阵震颤直到荫蔽的岸边。

它向我飞来，像夜中的小鸟急遽地穿过无灯的屋子的两边洞开的窗户，又在黑夜中消失了。

你像一颗隐在山后的星星，我是路上的行人。

但是你为什么站了一会儿，从面纱中瞥视我的脸，当你腰间搂着灌满的水瓶在河边路上行走的时候？

20

他天天来了又走了。

去吧，把我头上的花朵送去给他吧，我的朋友。

假如他问赠花的人是谁，我请你不要把我的名字告诉他——因为他来了又要走的。

他坐在树下的地上。

用繁花密叶给他敷设一个座位吧，我的朋友。

他的眼神是忧郁的，它把忧郁带到我的心中。

他没有说出他的心事；他只是来了又走了。

21

他为什么特地来到我的门前，这年轻的游子，当天色黎明的时候？

每次我进出经过他的身旁，我的眼睛总被他的面庞所吸引。

我不知道我是应该同他说话还是保持沉默。他为什么特地到我门前来呢？

七月的阴夜是沉黑的；秋日的天空是浅蓝的；南风把春天吹得骀荡不宁。

他每次用新调编着新歌。

我放下活计眼里充满雾水。他为什么特地到我门前来呢？

22

当她用急步走过我的身旁，她的裙缘触到了我。

从一颗心的无名小岛上忽然吹来一阵春天的温馨。

一霎飞触的缭乱扫拂过我，立刻又消失了，像扯落的花瓣在和风中飘扬。

它落在我的心上，像她身躯的叹息和她的心灵的低语。

23

你为什么悠闲地坐在那里，把镯子玩得叮当作响呢？

把你的水瓶灌满了吧。是你应当回家的时候了。

你为什么悠闲地拨弄着水玩，偷偷地瞥视路上的行人呢?
灌满你的水瓶回家去吧。

早晨的时间过去了——沉黑的水不住地流逝。
波浪相互低语嬉笑闲玩着。
流荡的云片聚集在远野高地的天边。
它们流连着悠闲地看着你的脸微笑着。
灌满你的水瓶回家去吧。

24

不要把你心的秘密藏起，我的朋友!

对我说吧，秘密地对我一个人说吧。

你这个笑得这样温柔，说得这样轻软的人，我的心将听着你的言语，不是我的耳朵。

夜深沉，庭宁静，鸟巢也被睡眠笼罩着。

从踌躇的眼泪里，从沉吟的微笑里，从甜柔的羞怯和痛苦里，把你心的秘密告诉我吧!

25

“到我们这里来吧，青年人，老实告诉我们，为什么你眼里带着疯癫?”

“我不知道我喝了什么野罂粟花酒，使我的眼里带着疯癫。”

“呵，多难为情!”

“好吧，有的人聪明有的人愚拙，有的人细心有的人马虎。有的眼睛会笑，有的眼睛会哭——我的眼睛是带着疯癫的。”

“青年人，你为什么这样凝立在树影下呢?”

“我的脚被我沉重的心压得疲倦了，我就在树影下凝立着。”

“呵，多难为情！”

“好吧，有人一直行进，有人到处流连，有的人是自由的，有的人是锁住的——我的脚被我沉重的心压得疲倦了。”

26

“你慷慨的手所赋予的我都接受。我别无所求。”

“是了，是了，我懂得你，谦卑的乞丐，你是乞求一个人的一切所有。”

“若是你给我一朵残花，我也要把它戴在心上。”

“若是那花上有刺呢？”

“我就忍受着。”

“是了，是了，我懂得你，谦卑的乞丐，你是乞求一个人的一切所有。”

“如果你只在我脸上抬起一次爱怜的眼光，就会使我的生命直到死后还是甜蜜的。”

“假如那只是残酷的眼色呢？”

“我要让它永远刺穿我的心。”

“是了，是了，我懂得你，谦卑的乞丐，你是乞求一个人的一切所有。”

27

“即使爱只给你带来了哀愁，也信任它。不要把你的心关起。”

“呵，不，我的朋友，你的话语太隐晦了，我不懂得。”

“心是应该和一滴眼泪、一首诗歌一起送给人的，我爱。”

“呵，不，我的朋友，你的话语太隐晦了，我不懂得。”

“喜乐像露珠一样脆弱，它在欢笑中死去。哀愁却是坚强而耐久。让含愁的爱在你眼中醒来吧。”

“呵，不，我的朋友，你的话语太隐晦了，我不懂得。”

“荷花在日中开放，丢掉了自己的一切所有。在永生的冬雾里，它将不再含苞。”

“呵，不，我的朋友，你的话语太隐晦了，我不懂得。”

28

你的疑问的眼光是含愁的。它要追探了解我的意思，好像月亮探测大海。

我已经把我生命的终始，全部暴露在你的眼前，没有任何隐秘和保留。因此你不认识我。

假如它是一块宝石，我就能把它碎成千百颗粒，串成项链挂在你的颈上。

假如它是一朵花，圆圆小小香香的，我就能从枝上采来戴在你的发上。

但是它是一颗心，我的爱人。何处是它的边和底?

你不知道这个王国的边底，但你仍是这王国的女王。

假如它是片刻的欢娱，它将在嬉笑中开花，你立刻就会看到懂得了。

假如它是一阵痛苦，它将融化成晶莹的眼泪，不着一字地反映出它最深的秘密。

但是它是爱，我的爱人。

它的欢乐和痛苦是无边的，它的需求和财富是无尽的。

它和你亲近得像你的生命一样，但是你永远不能完全了解它。

29

对我说话吧，我爱！用言语告诉我你唱的是什么。

夜是深黑的，星星消失在云里，风在叶丛中叹息。

我将披散我的头发，我的青蓝的披风将像黑夜一样紧裹着我。我将把你的头紧抱在胸前；在甜柔的寂寞中在你心头低诉。我将闭目静听。我不会望你的脸。

等到你的话说完了，我们将沉默凝坐。只有丛树在黑暗中微语。

夜将发白。天光将晓。我们将望望彼此的眼睛，然后各走各的路。

对我说话吧，我爱！用言语告诉我你唱的是什么。

30

你是一朵夜云在我梦幻中的天空中浮泛。

我永远用爱恋的渴想来描画你。

你是我一个人的，我一个人的，我无尽的梦幻中的居住者！

你的双脚被我心切望的热光染得绯红，我的落日之歌的搜集者！

我的痛苦之酒使得唇儿苦甜。

你是我一个人的，我一个人的，我寂寥的梦幻中的居住者！

我用热情的浓影染黑了你的眼睛，我的凝视深处的祟魂！

我捉住了你缠住了你，我爱，在我音乐的罗网里。

你是我的一个人的，我一个人的，我永生的梦幻中的居住者！

31

我的心，这只野鸟，在你的双眼中找到了天空。

它们是清晓的摇篮，它们是星辰的王国。

我的诗歌在它们的深处消失。

只让我在这天空中高飞，翱翔在静寂的无限空间里。

只让我冲破它的云层，在它的阳光中展翅吧。

32

告诉我，这一切是否都是真的，我的情人，告诉我，这是否是真的。

当这一对眼睛闪出电光，你胸中的浓云发出风暴的回答。

我的唇儿，是真像觉醒的初恋的蓓蕾那样香甜吗？

消失了的五月的回忆仍旧流连在我的肢体上吗？

那大地，像一张琴，真因着我双足的踏触而颤成诗歌。

那么当我来时，从夜的眼睛里真的落下露珠，晨光也真因为围绕我的身躯而感到喜悦吗？

是真的么，是真的么，你的爱贯穿许多时代许多世界来寻找我吗？

当你最后找到了我，你天长地久的渴望，在我的温柔的话里，在我的眼睛嘴唇和飘扬的头发里，找到了完全的宁静吗？

那么“无限”的神秘是真的写在我小小的额上吗？

告诉我，我的情人，这一切是否都是真的。

33

我爱你，我的爱人。请饶恕我的爱。

像一只迷路的鸟，我被捉住了。

当我的心抖颤的时候，它丢了围纱变成赤裸。用怜悯遮住它吧。爱人，请饶恕我的爱。

如果你不能爱我，爱人，请饶恕我的痛苦。

不要远远地斜视我。

我将偷偷地回到我的角落里去，在黑暗中坐地。

我将用双手掩起我赤裸的羞惭。

回过脸去吧，我的爱人，请饶恕我的痛苦。

如果你爱我，爱人，请饶恕我的欢乐。

当我的心被快乐的洪水卷走的时候，不要笑我的汹涌的退却。

当我坐在宝座上用我暴虐的爱来统治你的时候，当我像女神一样向你施恩的时候，饶恕我的骄傲吧，爱人，也饶恕我的欢乐。

34

不要不辞而别，我爱。

我看望了一夜，现在我眼上睡意重重。

只恐我在睡中把你丢失了。

不要不辞而别，我爱。

我惊起伸出双手去摸触你，我问自己说，“这是一个梦吗？”

但愿我能用我的心系住你的双足紧抱在胸前！
不要不辞而别，我爱。

35

只恐我太容易地认得你，你对我耍花招。
你用欢笑的闪光使我盲目地掩盖你的眼泪。
我知道，我知道你的妙计，
你从来不说出你要说的话。
只恐我不珍爱你，你千方百计地闪避我。
只恐我把你和大家混在一起，你独自站在一边。
我知道，我知道你的妙计，
你从来不走你所要走的路。

你的要求比别人都多，因此你才静默。
你用嬉笑的无心来回避我的赠予。
我知道，我知道你的妙计，
你从来不肯接受你想接受的东西。

36

他低声说，“我爱，抬起眼睛吧。”
我严厉地责骂他，说，“走！”但是他不动。
他站在我面前拉住我的双手。我说，“躲开我！”但是他没有走。

他把脸靠近我的耳边。我瞪他一眼说，“不要脸！”但是他没有动。
他的嘴唇触到我的腮颊。我震颤了说，“你太大胆了！”但是他不怕丑。
他把一朵花插在我发上。我说，“这也没有用处！”但是他站着不动。
他取下我颈上的花环就走开了。我哭了，问我的心说，“他为什么不回来呢？”

情境赏析

从表面上看起来，小伙子对姑娘是有情有义的，他的追求是大胆执着的；姑娘对小伙子却是无情无意的，她一而再、再而三地予以拒绝，小伙子追求得越紧迫，姑娘拒绝得越坚决。那么，姑娘真的是对小伙子无情无意吗？真的是对小伙子大胆执着的追求无动于衷吗？其实不然。虽然从外表上看，姑娘好像无动于衷，可是在她那严厉外表的里面，她那颗火热的心早已应和着小伙子的一言一行在越来越剧烈地跳动，她那热烈的感情早已与小伙子的一片痴心产生了强劲有力的共鸣。

37

“你愿意把你的鲜花的花环挂在我的颈上吗，佳人？”

“但是你要晓得，我编的那个花环，是为大家的，为那些偶然瞥见的人，住在未开发的大地上的人，住在诗人歌曲里的人。”

现在来请求我的心作为答赠已经太晚了。
曾有一个时候我的生命像一朵蓓蕾，它所有的芬芳都储藏在花心里。
现在它已远远地喷溢四散。
谁晓得有什么魅力，可以把它们收集关闭起来呢？
我的心不容我只给一个人，它是要给予许多人的。

38

我爱，从前有一天，你的诗人把一首伟大史诗投进他心里。
呵，我不小心，它打到你的叮当的脚镯上而引起悲愁。
它裂成诗歌的碎片散落在你的脚边。
我满载的一切古代战争的货物，都被笑浪所颠簸，被眼泪浸透而下沉。
你必须使这损失成为我的收获，我爱。
如果我的死后不朽的荣誉的要求都破灭了，在我生前使我不朽吧。
我将不为这损失伤心，也不责怪你。

39

整个早晨我想编一个花环，但是花儿滑掉了。

你坐在一旁偷偷地从侦伺的眼角看着我。

问这一对沉黑的恶作剧的眼睛，这是谁的错。

我想唱一支歌，但是唱不出来。

一个暗笑在你唇上颤动；你问它我失败的缘由。

让你微笑的唇儿发一个誓，说我的歌声怎样地消失在沉默里，像一只在荷花里沉醉的蜜蜂。

夜晚了，是花瓣合起的时候了。

容许我坐在你的旁边，容许我的唇儿做那在沉默中、在星辰的微光中能做的工作吧。

40

一个怀疑的微笑在你眼中闪烁，当我来向你告别的时候。

我这样做的次数太多了，你想我很快又会回来。

告诉你实话，我自己心里也有同样的怀疑。

因为春天年年回来；满月道过别又来访问，花儿每年回来在枝上红晕着脸，很可能我向你告别只为要再回到你的身边。

但是把这幻象保留一会儿吧，不要冷酷粗率地把它赶走。

当我说我要永远离开你的时候，就当作真话来接受它，让泪雾暂时加深你眼边的黑影。

当我再来的时候，随便你怎样地狡笑吧。

41

我想对你说出我要说的最深的话语，我不敢，我怕你哂笑。

因此我嘲笑自己，把我的秘密在玩笑中打碎。

我把我的痛苦说得轻松，因为怕你会这样做。

我想对你说出我要说的最真的话语，我不敢，我怕你不信。

因此我弄真成假，说出和我的真心相反的话。
我把我的痛苦说得可笑，因为我怕你会这样做。

我想用最宝贵的名词来形容你，我不敢，我怕得不到相当的酬报。
因此我给你安上苛刻的名字，而夸示我的硬骨。
我伤害你，因为怕你永远不知道我的痛苦。

我渴望静默地坐在你的身旁，我不敢，怕我的心会跳到我的唇上。
因此我轻松地说东道西，把我的心藏在语言的后面。
我粗暴地对待我的痛苦，因为我怕你会这样做。
我渴望从你身边走开，我不敢，怕你看出我的懦怯。
因此我随随便便地昂首走到你的面前。
从你眼里频频掷来的刺激，使我的痛苦永远新鲜。

42

呵，疯狂的、头号的醉汉；
如果你踢开门户在大众面前装疯；
如果你在一夜倒空囊橐，对慎重轻蔑地弹着指头；
如果你走着奇怪的道路，和无益的东西游戏；
不理会韵律和理性；
如果你在风暴前扯起船帆，你把船舵折成两半，
那么我就要跟随你，伙伴，喝得烂醉走向堕落灭亡。
我在稳重聪明的街坊中间虚度了日日夜夜。
过多的知识使我白了头发，过多的观察使我眼力模糊。
多年来我积攒了许多零碎的东西：
把这些东西摔碎，在上面跳舞，把它们散掷到风中去吧。
因为我知道喝得烂醉而堕落灭亡，是最高的智慧。

让一切歪曲的顾虑消亡吧，让我无望地迷失了路途。

让一阵旋风吹来，把我连船锚一齐卷走。

世界上住着高尚的人，劳动的人，有用又聪明。

有的人很从容地走在前头，有的人庄重地走在后面。

让他们快乐繁荣吧，让我傻呆地无用吧。

因为我知道喝得烂醉而堕落灭亡，是一切工作的结局。

我此刻誓将一切的要求，让给正人君子。

我抛弃我学识的自豪和是非的判断。

我打碎记忆的瓶壶，挥洒最后的眼泪。

以红果酒的泡沫来洗澡，使我欢笑发出光辉。

我暂且撕裂温恭和认真的标志。

我将发誓做一个无用的人，喝得烂醉而堕落灭亡下去。

43

不，我的朋友，我永不会做一个苦行者，随便你怎么说。

我将永不做一个苦行者，假如她不和我一同受戒。

这是我坚定的决心，如果我找不到一个阴凉的住处和一个忏悔的伴侣，我将永不会变成一个苦行者。

不，我的朋友，我将永不离开我的炉火与家庭，去退隐到深林里面。

如果在林荫中没有欢笑的回响；如果没有郁金香色的衣裙在风中飘扬；如果它的幽静不因有轻柔的微语而加深，我将永不会做一个苦行者。

44

尊敬的长者，饶恕这一对罪人吧。

今天春风猖狂地吹起旋舞，把尘土和枯叶都扫走了，你的功课也随着一起丢掉了。

师父，不要说生命是虚空的。

因为我们和死亡订下一次和约，在一段温馨的时间中，我俩变成不朽。

即使是国王的军队凶猛地前来追捕，我们将忧愁地摇头说，弟兄们，你们搅扰了我们。如果你们必须做这个吵闹的游戏，到别处去敲击你们的武器吧。因为我们刚在这片刻飞逝的时光中变成不朽。

如果亲切的人们来把我们围起，我们将恭敬地向他们鞠躬说，这个荣幸使我们惭愧。在我们居住的无限天空之中，没有多少隙地。因为在春天繁花盛开，蜜蜂的忙碌的翅翼也彼此摩挤。只住着我们两个仙人的小天堂，是狭小得太可笑了。

45

对那些定要离开的客人们，求神帮他们快走，并且扫掉他们所有的足迹。

把舒服的单纯的亲近的，微笑着一起抱在你的怀里。

今天是幻影的节日，他们不知道自己的死期。

让你的笑声只作为无意义的欢乐，像浪花上的闪光。

让你的生命像露珠的叶尖一样，在时间的边缘上轻轻跳舞。

在你的琴弦上弹出无定的暂时的音调吧。

46

你离开我自己走了。

我想我将为你忧伤，还将用金色的诗歌铸成你孤寂的形象，供养在我的心里。

但是，我的运气多坏，时间是短促的。

青春一年一年地消逝；春日是暂时的；柔弱的花朵无意义地凋谢，聪明人警告我说，生命只是一颗荷叶上的露珠。

我可以不管这些，只凝望着背弃我的那个人吗？

这会是无益的，愚蠢的，因为时间太短暂了。

那么，来吧，我的雨夜的脚步声；微笑吧，我的金色的秋天；来吧，无虑无忧的四月，散掷着你的亲吻。

你来吧，还有你，也有你！

我的情人们，你知道我们都是凡人。为一个取回她的心的人而心碎，是件聪明的事情吗？因为时间是短暂的。

坐在屋角凝思，把我的世界中的你们都写在韵律里，是甜柔的。

把自己的忧伤抱紧，决不受人安慰是英勇的。

但是一个新的面庞，在我门外偷窥，抬起眼来看我的眼睛。

我只能拭去眼泪，更改我歌曲的腔调。

因为时间是短暂的。

47

如果你要这样，我就停了歌唱。

如果它使你心震颤，我就把眼光从你脸上挪开。

如果使你在行走时忽然惊跃，我就躲开另走别路。

如果在你编串花环时，使你烦乱，我就避开你寂寞的花园。

如果我使水花飞溅，我就不在你的河边划船。

48

把我从你甜柔的枷束中放出来吧，我爱，不要再斟上亲吻的酒。

香烟的浓雾窒塞了我的心。

开起门来，让晨光进入吧！

我消失在你里面，包缠在你爱抚的折痕之中。

把我从你的诱惑中放出来吧，把男子气概交还我，好让我把得到自由的心贡献给你。

49

我握住她的手把她抱紧在胸前。

我想以她的爱娇来填满我的怀抱，用亲吻来偷劫她的甜笑，用我的眼睛来吸饮她的深黑的一瞥。

呵，但是，它在哪里呢？谁能从天空滤出蔚蓝呢？

我想去把握美；它躲开我，只有躯体留在我的手里。

失望而困乏的我回来了。

躯体哪能触到那只有精神才能触到的花朵呢？

50

爱，我的心日夜想望和你相见——那像吞灭一切的死亡一样的会见。

像一阵风暴把我卷走；把我的一切都拿去；劈开我的睡眠抢走我的梦。剥夺了我的世界。

在这毁灭里，在精神的全部赤露里，让我们在美中合一吧。

我的空想是可怜的！除了在你里面，哪有这合一的希望呢，我的神？

51

那么唱完最后一支歌就让我们走吧。

当这夜过完就把这夜忘掉。

我想把谁紧抱在臂里呢？梦是永不会被捉住的。

我渴望的双手把“空虚”紧压在我心上，压碎了我的胸膛。

52

灯为什么熄了呢？

我用斗篷遮住它怕它被风吹灭，因此灯熄了。

花为什么谢了呢？

我的热恋的爱把它紧压在我的心上，因此花谢了。

泉为什么干了呢？

我盖起一道堤把它拦起给我使用，因此泉干了。

琴弦为什么断了呢？

我强弹一个它力不能胜的音节，因此琴弦断了。

53

为什么盯着我使我羞愧呢?
我不是来求乞的。
只为要消磨时光，我才来站在你院边的篱外。
为什么盯着我使我羞愧呢?

我没有从你园里采走一朵玫瑰，没有摘下一颗果子。
我谦卑地在任何生客都可站立的路边棚下，找个荫蔽。
我没有采走一朵玫瑰。

是的，我的脚疲乏了，骤雨又落了下来。
风在摇曳的竹林中呼叫。
云阵像败退似的跑过天空。
我的脚疲乏了。
我不知道你怎样看待我，或是你在门口等什么人。
电闪昏眩了你的目光。
我怎能知道你会看到站在黑暗中的我呢?
我不知道你怎样看待我。

白日过尽，雨势暂停。
我离开你园畔的树荫和草地上的座位。
日光已暗；关上你的门户吧；我走我的路。
白日过尽了。

54

市集已过，你在夜晚急急地提着篮子要到哪里去呢?
他们都挑着担子回家去了；月亮从树隙中下窥。
唤船的回声从深黑的水上传到远处野鸭睡眠的沼泽。

在市集已过的时候，你提着篮子急忙地要到哪里去呢？

睡眠把她的手指按在大地的双眼上。

鸦巢已静，竹叶的微语也已沉默。

劳动的人们从田间归来把席子展铺在院子里。

在市集已过的时候，你提着篮子急忙地要到哪里去呢？

55

正午的时候你走了。

烈日当空。

当你走的时候，我已经做完了工作，坐在凉台上。

不定的风吹来，含带着许多远野的香气。

鸽子在树荫中不停地叫唤，一只蜜蜂在我屋里飞着，嗡出许多远野的消息。

村庄在午热中入睡了。路上无人。

树叶的声音时起时息。

我凝望天空，把一个我知道的人的名字织在蔚蓝里，当村庄在午热中入睡的时候。

我忘记把头发编起。困倦的风在我颊上和它嬉戏。

河水在浓阴岸下平静地流着。

懒散的白云动也不动。

我忘了编起我的头发。

正午的时候你走了。

路上尘土灼热，田野在喘息。

鸽子在密叶中呼唤。

我独坐在凉台上，当你走的时候。

情境赏析

泰戈尔最喜欢大自然的两个方面，空间与河流（分别体现着天空与大地）。“无限空间的沉寂”常常使他的心灵得到慰藉，灵感得到唤醒，在这首诗中，诗人说：“我凝望天空，把一个我知道的人的名字织在蔚蓝里。”恰恰表明诗人正是在无限空间的沉寂中寄托了自己的情思。而诗人对于河流的喜爱，表现的主要是流动的感觉，与空间的“寂”正好相对：“河水在浓阴岸下平静地流着。”明白了诗中的河流与天空，就不难体会到，全诗还是基于动与静的感觉之中来展示焦灼的思念之情的。正中午的阳光是炎热而酷烈的，大路上的尘土在燃烧，田野在喘息，这一切可以说是诗中焦灼思念之情的外化或衬托，而飘忽的风与啼鸣的鸟等，与河流的动感一起构成了一个丰富的感情世界；最后，白云滞留不动的天空恰恰在无限的空寂中为全诗勾画出一个永恒的背景。可以说，这首诗是一首爱情诗，但又不是一般世俗意义上的爱情诗，因为它把读者引进的是一个高妙莫测的境界，颇有宗教颂诗的启迪意义，诗的意境的深远与思想感情的崇高，在一定程度上可将世俗意义的爱情进行一番脱胎换骨的改造。

56

我是妇女中为平庸的日常家务而忙碌的一个。

你为什么把我挑选出来，把我从日常生活的凉阴中带出来？

没有表现出来的爱是神圣的。它像宝石般在隐藏的心的朦胧里放光。在奇异的日光中，它显得可怜地晦暗。

呵，你打碎我心的盖子，把我战栗的爱情拖到空旷的地方，把那阴暗的藏我心巢的一角，永远破坏了。

别的女人和从前一样。

没有一个人窥探到自己的最深处，她们不知道自己的秘密。

她们轻快地微笑，哭泣，谈话，工作。她们每天到庙里去，点上她们的灯，还到河中取水。

我希望能从无遮拦的颤羞中把我的爱情救出，但是你掉头不顾。

是的，你的前途是远大的，但是你把我的归路切断了，让我在世界的无睫毛的眼睛日夜瞪视之下赤裸着。

57

我采了你的花，呵，世界！

我把它压在胸前，花刺伤了我。

日光渐暗，我发现花儿凋谢了，痛苦却存留着。

许多有香有色的花又将来到你这里，呵，世界。

但是我采花的时代过去了，黑夜悠悠，我没有了玫瑰，只有痛苦存留着。

58

有一天早晨，一个盲女来献给我一串盖在荷叶下的花环。

我把它挂在颈上，泪水涌上我的眼睛。

我吻了她，说，“你和花朵一样盲目。你自己不知道你的礼物是多么美丽！”

59

呵，女人，你不但是神的，而且是人的手工艺品；他们永远从心里用美来打扮你。

诗人们用比喻的金线替你织网，画家们给你的身形以永新的不朽。

海献上珍珠，矿献上金子，夏日的花园献上花朵来装扮你，覆盖你，使你更加美妙。

人类心中的愿望，在你的青春上洒上光荣。

你一半是女人一半是梦。

60

在生命奔腾怒吼的中流，呵，石头雕成的“美”，你冷静无言，独自超绝地站立着。

“伟大的时间”依恋地坐在你脚边低语说：
“说话吧，对我说话吧，我爱，说话吧，我的新娘!”
但是你的话被石头关住了，呵，“不动的美”!

61

安静吧，我的心，让别离的时间甜柔吧。
让它不是个死亡而是圆满。
让爱恋融入记忆，痛苦融入诗歌吧。
让穿越天空的飞翔在巢上敛翼中终止。
让你双手的最后的接触，像夜中花朵一样温柔。
站住一会儿吧，呵，“美丽的结局”，用沉默说出最后的话语吧。
我向你鞠躬，举起我的灯来照亮你的归途。

62

在梦境的朦胧小路上，我去寻找我前生的爱。
她的房子是在冷静的街尾。
在晚风中，她爱养的孔雀在架上昏睡，鸽子在自己的角落里沉默着。
她把灯放在门边，站在我面前。
她抬起一双大眼望着我的脸，无言地问说，“你好吗，我的朋友?”
我想回答，但是我们的语言迷失而又忘却了。

我想来想去；怎么也想不起我们叫什么名字。
眼泪在她眼中闪光，她向我伸出右手。我握住她的手静默地站着。

我们的灯在晚风中颤摇着熄灭了。

63

行路人，你必须走吗?
夜是静寂的，黑暗在树林上昏睡。

我们的凉台上灯火辉煌，繁花鲜美，青春的眼睛还清醒着。

你离开的时间到了吗？

行路人，你必须走吗？

我们不曾用恳求的手臂来抱住你的双足。

你的门开着。你的立在门外的马，也已上了鞍鞯。

如果我们想拦住你的去路，也只是用我们的歌曲。

如果我们曾想挽留你，也只是用我们的眼睛。

行路人，我们没有希望留住你，我们只有眼泪。

在你眼里发光的是什么样的不灭之火？

在你血管中奔流的是什么样的不宁的热力？

黑暗中有什么召唤在引动你？

你从天上的星星中，念到什么可怕的咒语，就是黑夜沉默而异样地走进你心中时带来的那个密封的秘密的消息？

如果你不喜欢那热闹的集会，如果你需要安静，困乏的心呵，我们就吹灭灯火，停止琴声。

我们将在风叶声中静坐在黑暗里，倦乏的月亮将在你窗上洒上苍白的光辉。

呵，行路人，是什么不眠的精灵从午夜的心中和你接触了呢？

64

我在大路灼热的尘土上消磨了一天。

现在，在晚凉中我敲着一座小庙的门。这庙已经荒废倒塌了。

一棵愁苦的菩提树，从破墙的裂缝里伸展出饥饿的爪根。

从前曾有过路人到这里来洗疲乏的脚。

他们在新月的微光中在院里摊开席子，坐着谈论异地的风光。

早起他们精神恢复了，鸟声使他们欢悦，友爱的花儿在道边向他们点首。

但是当我来的时候没有灯在等待我。

只有残留的灯烟熏污的黑迹，像盲人的眼睛，从墙上瞪视着我。

萤火虫在涸池边的草里闪烁，竹影在荒芜的小径上摇曳。

我在一天之末做了没有主人的客人。

在我面前的是漫漫的长夜，我疲倦了。

65

又是你呼唤我吗？

夜来到了，困乏像爱的恳求用双臂围抱住我。

你叫我了吗？

我已把整天的工夫给了你，残忍的主妇，你还定要掠夺我的夜晚吗？

万事都有个终结，黑暗的静寂是个人独有的。

你的声音定要穿透黑暗来刺激我吗？

难道你门前的夜晚，没有音乐和睡眠吗？

难道那翅翼不响的星辰，从来不攀登你的不仁之塔的上空吗？

难道你园中的花朵，永不在绵软的死亡中堕地吗？

你定要叫我么，你这不安静的人？

那就让爱的愁眼，徒然地因着盼望而流泪。

让灯盏在空屋里点着。

让渡船载那些困乏的工人回家。

我把梦想丢下，来奔赴你的召唤。

66

一个流浪的疯子在寻找点金石，他褐黄的头发乱蓬蓬地蒙着尘土，身体瘦得像个影子，他双唇紧闭，就像他的紧闭的心门，他的烧红的眼睛就像萤火虫的亮光在寻找他的爱侣。

无边的海在他面前怒吼。

喧哗的波浪，在不停地谈论那隐藏的珠宝，嘲笑那不懂得它们的意思的愚人。

也许现在他不再有希望了，但是他不肯休息，因为寻求变成他的生命——

就像海洋永远向天伸臂求得不可达到的东西——

就像星辰绕着圈走，却要寻找一个永不能到达的目标——

在那寂寞的海边，那头发垢乱的疯子，也仍旧徘徊着寻找点金石。

有一天，一个村童走上来问，“告诉我，你腰上的那条金链是从哪里来的呢？”

疯子吓了一跳——那条本来是铁的链子真的变成金的了；这不是一场梦，但是他不知道是什么时候变的。

他狂乱地敲着自己的前额——什么时候，呵，什么时候在他不知不觉之中得到成功了呢？

拾起大石去碰碰那条链子，然后不看看变化与否，又把它扔掉，这已成了习惯；就是这样，这疯子找到了又失掉了那块点金石。

太阳沉西，天空灿金。

疯子沿着自己的脚印走回，去寻找他失去的珍宝，他气力尽消，身体弯曲，他的心像连根拔起的树一样，萎垂在尘土里了。

67

虽然夜晚缓步走来，让一切歌声停息；

虽然你的伙伴都去休息而你也倦乏了；

虽然恐怖在黑暗中弥漫，天空的脸也被面纱遮起；

但是，鸟儿，我的鸟儿，听我的活，不要垂翅吧。

这不是林中树叶的阴影，这是大海涨溢，像一条深黑的龙蛇。

这不是盛开的茉莉花的跳舞，这是闪光的水沫。

呵，何处是阳光下的绿岸，何处是你的窝巢？

鸟儿，呵，我的鸟儿，听我的话，不要垂翅吧。

长夜躺在你的路边，黎明在朦胧的山后睡眠。

星辰屏息地数着时间，柔弱的月儿在夜中浮泛。

鸟儿，呵，我的鸟儿，听我的话，不要垂翅吧。

对于你，这里没有希望，没有恐怖。

这里没有消息，没有低语，没有呼唤。

这里没有家，没有休息的床。

这里只有你自己的一双翅翼和无路的天空。

鸟儿，呵，我的鸟儿，听我的话，不要垂翅吧。

68

没有人永远活着，弟兄，没有东西能得以经久。把这谨记在心及时行乐吧。

我们的生命不是那个旧的负担，我们的道路不是那条长的旅程。

一个单独的诗人，不必去唱一支旧歌。

花儿萎谢；但是戴花的人不必永远悲伤。

弟兄，把这个谨记在心及时行乐吧。

必须有一段完全的停歇，好把“圆满”编进音乐。

生命向它的黄昏下落，为了沉浸于金影之中。

必须从游戏中把“爱”召回，去饮忧伤之酒，再去生于泪天。

弟兄，把这谨记在心及时行乐吧。

我们忙去采花，怕被过路的风偷走。

去夺取稍纵即逝的接吻，使我们血液奔流双目发光。

我们的生命是热切的，愿望是强烈的，因为时间在敲着离别之钟。

弟兄，把这谨记在心及时行乐吧。

我们没有时间去把握一件事物，揉碎它又把它丢在地上。

时间急速地走过。把梦幻藏在裙底。

我们的生命是短促的；只有几天恋爱的工夫。

若是为工作和劳役，生命就变得无尽的漫长。

弟兄，把这谨记在心及时行乐吧。

美对我们是甜柔的，因为她和我们生命的快速调子应节舞蹈。

知识对我们是宝贵的，因为我们永不会有时间去完成它。

一切都在永生的天上做完。但是大地的幻象的花朵，却被死亡保持得永远新鲜。

弟兄，把这谨记在心及时行乐吧。

69

我要追逐金鹿。

你也许会讪笑，我的朋友，但是我追求那逃避我的幻象。

我翻山越谷，我游遍许多无名的土地，因为我要追逐金鹿。

你到市场采买，满载着回家，但不知从何时何地一阵无家之风吹到我身上。

我心中无牵无挂；我把一切所有都撇在后面。

我翻山越谷，我游遍许多无名的土地——因为我在追逐金鹿。

70

我记得在童年时代，有一天我在水沟里漂一只纸船。

那是七月的一个阴湿的天，我独自快乐地嬉戏。

我在沟里漂一只纸船。

忽然间阴云密布，狂风怒号，大雨倾注。

浑水像小河般流溢，把我的船冲没了。

我心里难过地想，这风暴是故意来破坏我的快乐的；它的一切恶意都是对着我。

今天，七月的阴天是漫长的，我在默忆我生命中以我为失败者的一切游戏。

我抱怨命运，因为它屡次戏弄了我，当我忽然忆起我的沉在沟里的纸船的时候。

83

她住在玉米地边的山畔，靠近那股嬉笑着流经古树的庄严的阴影的清泉。女人们提罐到这里来装水，过客们在这里谈话休息。她每天随着潺潺的泉韵工作幻想。

有一天，一个陌生人从云中的山上下来；他的头发像醉蛇一样纷乱。我们惊奇地问，“你是谁？”他不回答，只坐在喧闹的水边沉默地望着她的茅屋。我们吓得心跳，到了夜里我们都回家去了。

第二天早晨，女人们到杉树下的泉边取水，她们发现她茅屋的门开着，但是，她的声音没有了，她的微笑的脸哪里去了呢？空罐立在地上，她屋角的灯，油尽火灭了。没有人晓得在黎明以前，她跑到哪里去了——那个陌生人也不见了。

到了五月，阳光渐强，冰雪化尽，我们坐在泉边哭泣。我们心里想，“她去的地方有泉水吗，在这炎热焦渴的天气中，她能到哪里去取水呢？”我们惶恐地对问，“在我们住的山外还有地方吗？”

夏天的夜里，微风从南方吹来；我坐在她的空屋里，没有点上的灯仍在那里立着。忽然间那座山峰，像帘幕拉开一样从我眼前消失了。“呵，那是她来了。你好吗，我的孩子？你快乐吗？在无遮的天空下，你有个荫凉的地方吗？可怜呵，我们的泉水不在这里供你解渴。”

“那边还是那个天空，”她说，“只是不受屏山的遮隔，——也还是那股流泉长成江河，——也还是那片土地伸广变成平原。”“一切都有了，”我叹息说，“只有我们不在。”她含愁地笑说，“你们是在我的心里。”我醒起听见泉流潺潺，杉树的叶子在夜中沙沙地响着。

情境赏析

这里所选的诗写了一个似真似幻的故事。其中的“她”与“陌生人”都给人以虚无缥缈的感受。“她”生活在山麓下一片玉米田边，这里小溪潺潺、古树参天，自是一个孤寂而富有诗意的天地。而“陌生人”在黄昏时分从白雪深处的山峰上下来，默默地凝望着“她”所居住的茅屋，更令人不可思议，甚至毛骨悚然。接着，也就是第二天，“她”与“陌生人”便默然而去了。诗人在这首诗中，不仅以写景，而且以故事情节创造出神秘的意境，给读者一种似曾相识而又莫名其妙的感受，这就令人深思了。诗中的“陌生人”显然与印度传统文化中的死神“阎魔”相关联，但这首诗却将死神刻画得极具诗意，因而对于诗中“她”的死亡的描写也显得神秘而富于美感。

一幕幕的场景在梦幻般的意境中展开，诗人忽然发现逝去的“她”又回来了。诗人原先担心“她”去的那个世界没有潺潺的溪水，而如今，“——也还是那股流泉长成江河，——也还是那片土地伸广变成平原”，原来生与死并不是被山岭的屏障隔开为两个天地，因为“我们”就在逝去的“她”的心里，同样，“她”也就在“我们”生活的世界里，因而尽管这是一种悲哀，但也足以令人欣慰了。

在泰戈尔的诗作中，尽管是篇幅不长的抒情诗，诗人也常常插入一些故事情节，这些故事或来自印度教或佛教的传说，或来自民间，或是他自己的创作，诗人巧妙地运用这些故事来表达他的情感或思想，因而使他的诗显得充实而富于活力。这首诗写死亡，通过一个故事，不仅使诗人对死亡的思考显得深刻，而且也使他的诗作通过故事情节而进入意境。

84

黄绿的稻田上掠过秋云的阴影，后面是狂追的太阳。

蜜蜂被光明所陶醉；忘了吸蜜只痴呆地飞翔嗡唱。

河里岛上的鸭群，无缘无故地欢乐地吵闹。

我们都不回家吧，弟兄们，今天早晨我们都不去工作。

让我们以狂风暴雨之势占领青天，让我们飞奔着抢夺空间吧。

笑声飘浮在空气上，像洪水上的泡沫。

弟兄们，让我们把清晨浪费在无用的歌曲上面吧。

85

你是什么人，读者，百年后读着我的诗？

我不能从春天的财富里送你一朵花，从天边的云彩里送你一片金影。

开起门来四望吧。

从你的群花盛开的园子里，采取百年前消逝了的花儿的芬芳记忆。

在你心的欢乐里，愿你感到一个春晨吟唱的活的欢乐，把它快乐的声音，传过一百年的时间。